AS AVENTURAS DE JACK O MARUJO

AS AVENTURAS DE JACK O MARUJO

NEI DUCLÓS

MINOTAURO

JACK O MARUJO

AUTOR: Nei Duclós

DIRETOR DA ALMEDINA BRASIL: Rodrigo Mentz
EDITOR: Deonísio da Silva
ASSISTENTES: Mary Ellen Camarinho Terroni, Michele Roberta Rosa e Silva
PRODUTORA EDITORIAL: Erika Alonso
ASSISTENTES EDITORIAIS: Letícia Gabriella Batista e Tacila Souza

REVISÃO: Daboit Textos
CONCEPÇÃO GRÁFICA: Eduardo Faria/Officio

SUPERVISÃO GERAL: Deonísio da Silva e Marco Pace

ISBN: 978-85-63920-89-8

Março, 2024

Dados Internacionais de Catalogação na Publicação (CIP)
(Câmara Brasileira do Livro, SP, Brasil)

Duclós, Nei
As aventuras de Jack, o marujo / Nei Duclós. --
1. ed. -- São Paulo : Minotauro, 2024.

ISBN 978-85-63920-89-8

1. Ficção brasileira I. Título.

23-187036 CDD-B869.3

Índices para catálogo sistemático: 1. Ficção : Literatura brasileira B869.3

Tábata Alves da Silva - Bibliotecária - CRB-8/9253

Este livro segue as regras do novo Acordo Ortográfico da Língua Portuguesa (1990).

EDITORA: Almedina Brasil
Rua José Maria Lisboa, 860, Conj.131 e 132, Jardim Paulista
01423-001 São Paulo | Brasil

www.almedina.com.br

Humor e verve únicos

JACK O MARUJO RESMUNGOU muito, aceitou o Acordo Ortográfico de 1990, mas não todo. Parodiando seus diálogos, podemos dizer:

—O senhor acentuou voo, Capitão. - Escreveu "vôo" e o certo é voo.

—Não voo para lugar algum, disse o Jack o Marujo.

—Sim, não voa, mas navega. - Afinal, o senhor não aceita o Acordo?

—Acordo cedo e não tarde, como esses aí do Acordo, que, em vez do mel, querem da abelha as ferroadas.

—E quem cuida dos enxames e das caixas, Capitão?

—Eles só cuidam dos caixas. São empresários das palavras, querem dinheiro, disse Jack o Marujo.

—O senhor está brincando, Capitão?

—Estou. Brincar com palavras é coisa de convento, entanto brincamos, e sem cata-vento, poetou Jack o Marujo.

O velho capitão, de humor e verve inigualáveis, encanta leitores há mais de uma década e agora volta com suas respostas concisas, solertes, didáticas. Seus diálogos são sinceros e desprezam o óbvio, sempre à procura de novos pontos de vista.

Originalmente, as tiradas antológicas de Jack o Marujo foram publicadas em periódicos e em redes sociais, granjeando leitores que logo fizeram delas um *must* privado, degustadas em segredo, como se os leitores quisessem guardá-las somente para si mesmos, para os que sabem degustar nichos ainda insuficientemente conhecidos na Galáxia Gutenberg, o mundo de quem lê, não por obrigação nem por hábito, mas por gosto.

Bússola

Parte 1: Um Sujeito Perigoso

Parte 2: O Casamento de Jack o Marujo

Parte 3: A Batalha da Mancha de Óleo

The
VI

PARTE 1

Um Sujeito Perigoso

Na guerra, é adaga e garrucha. No desaforo, é prancha. O capitão joga na água virtual, amarrada, a pessoa invasiva que cometeu algum deslize grave na sua presença. Esse é o mote da seleta de respostas do capitão neste livro. Jack o Marujo tem sido alvo de algumas impropriedades, principalmente depois que resolveu mostrar a fuça na rede. Voltou ao normal, ou seja, ao confinamento da palavra, que sugere e navega na imaginação, não no bate-pronto da imagem, que não passa de uma versão. A imagem certa é a que se faz de suas tiradas antológicas.

Vendo sua cara sóbria, perguntam por que não sorri. Já que pediram, Jack responde: "Felicidade é para os paisanos. Quem é da guerra tem outro perfil.A infelicidade é um bem precioso demais para alguém usufruir sozinho. Só digo a verdade. Mas você, por favor, não me diga".

Também querem saber a origem do personagem. Explico que foi criado por mim há 30 anos, para me divertir quando passava alguns dias no litoral (hoje moro nele). Mas ele se desenvolveu no Twitter (rede social é a minha

praia), onde consegui formatar sua identidade (@neiduclos) e extrapolou para o Facebook, blog e site. O modelo é conhecido, mas Jack adquiriu vida própria. Transcende suas origens, que vem dos livros e filmes de aventuras. Não se trata de um pirata, mas lembra um. É durão e romântico. Perde o amigo mas não a piada. Gosta de sereia porque fica no alto mar e não o prende no cais. Do mar a sereia não vê o rosto do marinheiro, encoberto pela amurada do barco. Então canta para atraí-lo, porque ficou siderada pelo cheiro.

Por que o senhor escreve tanta bobagem? Perguntou o discípulo. Assim tenho o que ler mais tarde, disse o mestre. Quando Jack o Marujo partir para sempre junto com a Sereia, não anotarei mais suas frases. Então nós, habitantes deste cais, nos dispersaremos. Por enquanto, vamos aproveitar.

Na lata

“Excelente vinho, encorpado, coeso, frutível, com toque suave de madeira nobre. Onde você conseguiu?” Na sua adega, disse Jack o Marujo.

“Tem um sujeito que não sai lá de casa”, disse o recém casado. “Convide a mulher dele para jantar”. disse Jack o Marujo.

Você não vai na festa dos 30 anos da sua turma da Marinha? perguntei para Jack o Marujo. “Não tenho com quem deixar minha barriga”, disse ele.

Jack o Marujo aconselha a lavoura para quem insiste em falar de pesca. “O país é uma merda”, diz. “Talvez por isso seja fértil”. disse Jack o Marujo.

O senhor leva uma vida saudável, come peixe todo dia, disse a professora. “Não inventaram ainda a picanha submarina”, disse Jack o Marujo. “O senhor tuitou alguma vez?” perguntou o estudante. Já, mas não traguei, respondeu Jack o Marujo.

“De repente o senhor deixou de declarar. O senhor vive de quê agora?” perguntou o fiscal da Receita. “Mato por correspondência”, disse o capitão.

"Sim, estou me contradizendo. Portanto, cale-se." (Jack o Marujo).

Se alguém exclamar para Jack o Marujo "mas como você engordou!" ele responde: "É porque comi a véia e ainda não digeri". Mas ele diz armado.

Na época braba, Jack o Marujo cuidou de alguns prisioneiros." Vou matá-los desta vez", disse, ao ser apresentado às novas autoridades do porto.

Jack o Marujo levou um grupo de consultores de auto-ajuda para um passeio em alto mar. Voltou só, assobiando. Grupo? Que grupo?

O que acha dessa divisão entre winners e loosers? perguntei para Jack o Marujo."No Brasil não funciona. Não temos winners", disse ele.

Jack o Marujo lê frases impactantes em livro de anti-autoajuda: "Sentimento é a impaciência do espírito nos intervalos do sexo".

Qual o título do teu livro de anti-autoajuda? perguntei para Jack o Marujo. "Você é Culpado Mas Ninguém Tem Nada Com Isso", respondeu ele.

O conquistador

Ninguém consegue me definir, disse a arquiteta. És flor, mas teu perfume só a ti e a quem amas diz respeito, arriscou Jack o Marujo.

Que catinga, disse a senhora do vestido florido. Não é sujeira, é macheza, não tem como tirar, disse Jack, o Marujo de olho no colar de ouro.

Você me entende? perguntou a bela senhora. "Não, mas não vem bem ao caso", disse Jack o Marujo.

"É só o querer", explicou Jack o Marujo para o casal."Independe às vezes até de corpo. É aquele pote de mel que sobe pelo sangue da vontade".

São seus olhos, disse a suspirosa. Não, são suas curvas, disse Jack o Marujo.

O Senhor vai embora? perguntou a admiradora. "Um marujo é feito de partidas. O reencontro no cais é só mais uma forma de solidão", disse o velho marinheiro.

Hoje estou vazia, disse a mulher. "Vamos pingar uma gota de orvalho", disse Jack o Marujo."Receita da Lua quando a manhã pede um perfume"

Muitos planos para o fim de semana? perguntou a mulher. Sim, disse Jack o Marujo. Vou jogar minha rede no céu para ver se capturo estrelas.

"O senhor já amou alguma vez?" perguntou a estagiária. "Sim, mas nunca tive uma recaída", disse Jack o Marujo.

Deus criou o homem, depois a mulher, para lhe fazer companhia. E de longe trouxe Jack o Marujo, que veio para estragar a festa.

“Malditos unfollowers!”

Jack o Marujo, gosta do silêncio, aprendido em longas viagens pelo Mar Oceano. Quando conta uma história, não ultrapassa os 140 toques.

Na sua ilha deserta, Jack o Marujo gosta de ver os pássaros. Mas odeia quando eles vão embora de repente. “Malditos unfollowers!”, rosna.

“Vou matá-los!” rosnou Jack o Marujo, quando viu alguns pássaros sobrevoando suas armadilhas de pesca.

Na Capitania dos Portos, Jack o Marujo olhou bem nos olhos do atendente e avisou: “Quer ser meu inimigo? Me chame de meu caro”.

“Malditos unfollowers” repetiu Jack o Marujo, mascando um naco de tabaco da ilha de Java. “Vou chamar a Marinha!”

Jack o Marujo certa vez salvou alguém no alto mar. Era um miliardário e quis recompensá-lo. Jack recusou. O cara não tinha sorte.

Jack o Marujo pôs seu uniforme, aparou a barba e entrou na fila para o dentista gratuito. Mas já tinham distribuídos as senhas. Voltou ao rum.

Jack o Marujo, está com artrite. Muita maresia nas juntas. A mão direita incha e mal pode fechá-la. Mas não pode parar de navegar. Não agora.

Jack o Marujo levou alguns microcontos para passear. Cobrou caro. Na volta, deram por falta de um. Vai ver a gaivota comeu, disse ele.

Jack o Marujo abordou nau comercial, saqueou o porão depois de abalroar a proa e destruir o convés. Levou 15 unfollowers para pedir resgate.

Jack o Marujo arpoou uma baleia branca e foi preso. Nome? perguntou o policial. Call me Ishmael, disse Jack. Ishmael de quê? disse o escrivão.

Na época braba, Jack o Marujo cuidou de alguns prisioneiros. "Vou matá-los desta vez", disse, ao ser apresentado às novas autoridades do porto.

Jack o Marujo levou um grupo de consultores de auto-ajuda para um passeio em alto mar. Voltou só, assobiando. Grupo? Que grupo?

Jack o Marujo, coloca o pessoal do Bem e do Mal numa piroga e joga tudo no meio do Mar Oceano. Depois canta "ho-ho e uma garrafa de rum"

O malvado

Todos acham o senhor muito mau, disse a admiradora. Conversa, disse Jack o Marujo. Sou mole como barbatana. Mas venho junto com o tubarão.

O que você acha da frase da cantora? perguntou o repórter. Acho que ela falou em prazer anual, disse Jack o Marujo.

O senhor é crente? perguntou a fundamentalista. “Não me fale em Deus se você tem curvas”, disse Jack o Marujo.

O senhor só tem coisas negativas para mostrar? perguntou a consultora. Sim. As positivas eu deixo para os idiotas, disse Jack o Marujo.

O senhor se acha muito divertido dizendo barbaridades, observou o pároco. As barbaridades são divertidas, disse Jack o Marujo. Elas riem de nós.

Perguntei a Jack o Marujo o que achava da morte da cantora. “E quem disse que estamos vivos?” foi sua resposta.

O senhor é pirata? perguntou o burocrata. Não, disse Jack o Marujo. Pago a banda larga, a luz, o micro, assisto e não vou vender na esquina.

Parabéns, você salvou a moça, você é um herói! disse o repórter.”Não ia deixar um material desses para os peixes comer”, disse Jack o Marujo.

Gosta do inverno? perguntou o turista. “Gosto. As moscas estão na cadeia”, disse Jack o Marujo. “Bueiro explode porque é muita merda”, disse Jack o Marujo. Não é esgoto, é gás, expliquei. “Dá no mesmo. Gás de merda”, disse o capitão.

Alguém já chamou o senhor de gênio? perguntou a admiradora.”Às vezes, mas não de maneira consistente. Fale mais sobre isso”.

Leste algum autor de autoajuda? perguntei. Já, disse o capitão. Até pedi autógrafo quando ele estava na prancha, amarrado.

O senhor ainda dirige! disse o imberbe vendo Jack o Marujo no volante de um Simca.”Verdade? Pensei que estava no banco de trás” disse o capitão.

Pronto para a dieta? perguntou o médico para Jack o Marujo. Sim, doutor, respondeu ele. Carreguei a garrucha, no caso de o senhor vir de acelga.

Há quanto tempo, disse o visitante. É porque não somos amigos, disse Jack o Marujo. Tem gente aí fora querendo falar com o senhor, disse o Grumete. Não vou, disse Jack o Marujo. Estou ocupado demais sendo um personagem.

No comando

Respeitamos sua opinião, disse o capitão dos portos. Então passe uma vassoura no tombadilho, disse Jack o Marujo.

Vamos confiscar o barco e o senhor vai para o Asilo dos Velhos Marinheiros, disse a autoridade. "Nosso asilo é o alto mar", disse Jack o Marujo.

Cansei de navegar, vou ser funcionário público na capital, disse o Imediato. Melhor, oferenda ruim o mar devolve, disse Jack o Marujo.

O senhor não tem mais condições de levantar âncora, disse o fiscal. Não se preocupe. Quando quero partir basta um suspiro, disse Jack o Marujo.

Estou fazendo matéria sobre a revolução no comportamento dos anos 50 aos 70, disse o repórter. Elvis e Raul estão mortos, disse Jack o Marujo.

Não tenho mais saco para mídia social, disse o micreiro. Ótimo. Vai lá no armazém e me traz uma garrafa de rum, disse Jack o Marujo.

Vamos combinar que você seja um idiota. Tudo o que disser no Twitter será uma bosta. Isso não desqualifica o Twitter, disse Jack o Marujo.

Fica com Deus, disse a crente. Deus tem outro compromisso, disse o capitão.

Muito frio nas viagens? perguntou o meteorologista. "O problema não é o clima em alto mar, mas a dureza em terra firme", disse Jack o Marujo.

O senhor já discutiu a relação? perguntou a conselheira. Já, mas não levo jeito. Por falta de argumento passo a mão nas coxas, disse Jack o Marujo.

Não quero ninguém, disse a narcisista. É bonito de se ver esse amor entre você e você mesma, disse Jack o Marujo.

O consultor entra na sala para fazer a palestra e o primeiro da fila avisa:

"Se falar em quebra de paradigma, morre". Adivinhem quem foi.

"Acham que sou importante e querem me conhecer. O que faço?" perguntou a celebridade virtual. Confesse que você é pobre, disse Jack o Marujo.

"Sorte da surfista que foi salva pelo senhor! Rolou algum sexo no barco?" perguntou o repórter. Tua mãe não estava lá, disse Jack o Marujo.

O capitão vai à luta

Piratas de uniforme usando galões de ouro tomaram a ilha do Arvoredo! anunciou o mensageiro. Malditos imperiais! grunhiu Jack o Marujo.

Vamos enfrentar os imperiais, disse Jack o Marujo para seus combatentes. Eles tem os canhões, nós temos a raiva.

Deixem tudo como está! ordenou Jack o Marujo para sua exausta equipe vitoriosa. Só não poupem as cabeças.

Como o senhor conseguiu nos derrotar com essa súcia? perguntou o Almirante. Troquei a preguiça deles por palavras de ordem, disse Jack o Marujo.

Tira esse barco sujo daí, disse o guarda. Não posso. Estou providenciando um galão de querosene para você beber! disse Jack o Marujo.

Aguardamos suas ordens, meu capitão! disse o Imediato. Bombardeiem a estibordo, disse Jack o Marujo virando pro lado para continuar a sesta.

Trouxe-lhes alguns oficiais, meu capitão, disse o Almirante. Eles precisam conhecê-lo. Obrigado. Vou colocá-los na prancha, disse Jack o Marujo.

O que devo fazer na guerra? perguntou o aspirante. Mate o que você não entende, disse Jack o Marujo.

Aquilo foi uma guerra, disse o aposentado. Que guerra? disse Jack o Marujo. Não havia soldados no inimigo. Agora que tem, vocês se borram de medo.

O que causa as guerras? perguntou o estudante. Testosterona vencida fazendo pose, disse Jack o Marujo.

Biografia

Qual sua biografia? perguntou o repórter. Nasci a bordo, lutei ferido e voltei para quem não acreditou nos meus disfarces, disse Jack o Marujo.

Quem são seus ancestrais? perguntou a autoridade. Por parte de pai, Netuno, de mãe, sereia, disse Jack o Marujo.

Qual sua nacionalidade? perguntou o patriota. Nasci a bordo. Fui registrado numa ilha que o mar engoliu. Sou de Netuno, disse Jack o Marujo.

"Jack o Marujo da onde?" perguntou a moça da recepção. Do alto mar, respondeu o capitão.

Porque o senhor tem esse nome estrangeiro? perguntou o Grumete. Nasci no alto mar. T erra de ninguém, lugar sem porto. Sou vento, disse Jack o Marujo.

Quem é o senhor? perguntou a visitante. Sou o mar, mas pode me chamar de capitão, disse Jack o Marujo.

Não devemos desistir dos nossos sonhos, disse o guru. Claro, quem quiser perder peso basta seguir carreira de astronauta, disse Jack o Marujo.

Idade é um estado de espírito, disse o palestrante. Concordo. O espírito vai virando um caco a olhos vistos, disse Jack o Marujo.

É inútil sonhar, disse a viajante. Em todo lugar há sofrimento. Tenta acordar. O sonho some e te deixa apenas com a coragem, disse Jack o Marujo.

Como o senhor se define enquanto ser humano? perguntou a psicóloga. Sou metade peixe, disse Jack o Marujo.

Qual seu signo? perguntou a astróloga. Sou peixes, ascendente touro, lua na gávea e cruzeiro do sul se jogando no abismo, disse Jack o Marujo.

Implicantes

Agosto enfim terminou, disse o meteorologista. Mas ele volta o ano que vem, disse Jack o Marujo. Apenas se retira e se emburra num canto.

Existem muitos gaúchos marinheiros? perguntou o Grumete. Não, o chimarrão fica salgado, disse Jack o Marujo.

Viver no mar é perda de tempo. O que existe por lá? perguntou o cético. Nada, respondeu Jack o Marujo. Se aprende apenas a sonhar.

Somos da comissão de desarmamento, disse o segurança. Adaga ou garrucha? Bota a mão que eu jogo na goela do crocodilo, disse Jack o Marujo.

O senhor trabalha? perguntou o intrometido. Não, sou vagabundo. Às vezes mato um curioso por encomenda para pagar as contas, disse o capitão.

Vamos levantar âncora? sugeriu o Grumete. Amanhã. Hoje sinto as gaivotas inquietas. Talvez o Vento acione seu motor louco, disse Jack o Marujo.

O que é certo: perder o amigo ou piada? perguntou o comediante. O amigo é datado, a piada é eterna, disse Jack o Marujo.

Pronto para viagem

Não gosto de matemática, disse o Grumete. Pois volta e avisa o cara que se errar o troco de novo eu penduro os dois no mastro.

Deixei o governo, agora vou ser um sujeito ético, disse o oportunista. Impossível. Você não cabe mais no personagem, disse Jack o Marujo.

Queria fazer stand up mas ninguém acha graça, disse o Grumete. Diga algo ofensivo, mas como se fosse um bom dia, disse Jack o Marujo.

"Todas para o tombadilho!". disse Jack o Marujo. E os homens? perguntou o Grumete. "Esses pra prancha. Tubarão precisa sobreviver".

O senhor então não vê o noticiário de TV? perguntou o foca. Não, minto por conta própria, disse Jack o Marujo.

Foste à passeata contra os desmandos? perguntou a militante. Desisti, disse Jack o Marujo. Quem protesta não pode ser gordo. Não convence.

Está lendo o jornal do século passado! disse o gari. É divertido, disse Jack o Marujo.. Principalmente as notícias sobre o futuro.

Meça suas palavras! disse o catequista. Já medi, disse Jack o Marujo. Tem as mesmas dimensões da minha adaga.

O senhor faz o maior sucesso com as mulheres, disse o Grumete. A concorrência anda fraca, disse Jack o Marujo.

O Inferno são os outros, disse o intelectual citando Sartre. Os outros são os outros, disse Jack o Marujo. O inferno são esses aí.

"Perca seu tempo com o que você realmente acha importante. Como desenhar nuvens ou imaginar naufrágios. Se alguém interromper, rosne" (Jack o Marujo)

Barra pesada

"O senhor já achou uma ocupação?" disse o delegado numa visita surpresa. Já, disse Jack o Marujo. Fui contratado para matar seu cachorro.

Sou turismólogo, disse o corrupto. "Achei que isso só desse em rabo de girafa", disse Jack o Marujo.

Não quero mais viver! disse o suicida amarrando uma pedra no pescoço."Há melhores maneiras de impressionar uma sereia", disse Jack o Marujo.

"Sou promíscuo", confessou o Grumete, dividido entre o orgulho e a vergonha. "Como assim? Te apaixonaste por um cardume?" perguntou Jack o Marujo..

Por que sereia não gosta do sol? perguntou o Grumete. "Porque tem medo de amanhecer sendo colocada na brasa", disse Jack o Marujo.

O que o Senhor acha da corrupção? perguntou o comunicador. Deixar o dinheiro público na mão dessa canalha é abandono de incapaz, disse Jack o Marujo.

As coisas nunca mudam no mundo, disse o Grumete. Mudam sim, disse Jack o Marujo. De repente você bate as botas e o mundo desaparece.

Enfurnado no Hotel dos Marinheiros o senhor perde o espetáculo feminino lá na praia, disse o Grumete. Tenho minha luneta, disse Jack o Marujo.

Fiz uma cirurgia para aumentar os seios, disse a vaidosa. Fez bem, disse Jack o Marujo. São providenciais na hora de boiar. Para onde foram todos? perguntou o micreiro. Abandonaram as mídias sociais?

"Parece que dançar coladinho voltou à moda", disse Jack o Marujo.

Vou voltar para o orkut, disse o Grumete. Isso aqui está virando um Titanic. Vai, vai.

Aproveita e brinca de fazendinha, disse Jack o Marujo.

Quero o sim sem compromisso e o não longe da dor, disse o noivo. Tarde demais, disse Jack o Marujo. Me convidaste para padrinho. Agora casa.

"Está tudo funcionando. Podemos zarpar?" Não quero mais sair já. Crie uma nova versão dos preparativos, que assim atrasa, disse Jack o Marujo.

Sou um zero à esquerda, disse o garoto. Permaneça assim, aconselhou Jack o Marujo. Si se mexer, vão dizer que foste para a direita.

Meça suas palavras! disse o catequista. Já medi, disse Jack o Marujo. Tem as mesmas dimensões da minha adaga.

Um sujeito popular

O senhor me leva para o outro lado do mar? perguntou a viajante. Não precisa, disse Jack o Marujo. O outro lado do mar é este.

Não suporto o amor, disse o viajante. Sempre dou um jeito de jogá-lo fora. “Então não é o amor”, disse Jack o Marujo. “É a embalagem”

O senhor procura o caminho da felicidade? perguntou a sonhadora. Não, disse Jack o Marujo, há muito engarrafamento. O senhor costuma sustentar seus pontos de vista? perguntou a pesquisadora.

Nunca, disse Jack o Marujo. Eles que aprendam a se virar sozinhos.

Jack o Marujo é o cara que eu gostaria de ser. Mas toda vez que ele fica parecido comigo, perde a graça, confessou o Grumete.

“Conheci uma mulheraça de fechar o quarteirão. O que eu faço?” perguntou o Grumete. Peça em casamento e compre um 38, disse Jack o Marujo.

Aquele velho me convidou para um pic-nic, disse o Grumete. Deixa que eu vou, disse Jack o Marujo. Vamos ver se ele gosta de formiga.

Hum, quer dizer que o senhor gosta de sereia? perguntou o folgado. É a maneira que encontrei de manter tua mãe no anonimato, disse Jack o Marujo.

Quais os males do mundo? perguntou o estudante. "A macheza brucutu seu subproduto, a frescurada obsessiva", disse Jack o Marujo.

O senhor já navegou no Amazonas? perguntou o Grumete. Não, o mar tem ciúmes, disse Jack o Marujo.

Jack o Marujo é autor de tantas frases que o jornalista americano quis saber: "Are you writer?"perguntou. Não, I am wronger, disse o capitão.

"Não quero consertar o Brasil. Quero que todos vão a puta que pariu", disse o Grumete. Ok, disse Jack o Marujo. Agora vai varrer o convés.

Estamos loteando o Brasil. Qual porção lhe interessa? perguntou o político."Quero a Nara Leão", disse Jack o Marujo.

"Já fui bom nisso", disse Jack o Marujo quando viu uma briga de facas no cais."Agora me limito a vibrar o fio da minha adaga para as nuvens".

E todo esse vento, é bom para navegar? perguntou o repórter. Sim. Vou te colocar numa piroga a vela para ver se aguentas.

Desistiu de participar do debate? perguntou o estudante.

Prefiro tiro ao alvo, disse Jack o Marujo.

De onde o senhor tira tantas frases? perguntou o aluno."- Dos anjos. Desde o fim da Criação ficam só de papo. São uns pândegos" disse Jack o Marujo.

Mau humorado, Jack o Marujo desabafou: "A obsessão pela barriga alheia é ocupação de quem sonha em fornecer o buzanfan e não sabe como".

O imperador

O imperador lhe chama. Se disser que não, vou levá-lo a ferros, avisou o guarda. Ok, vou jogar truco com o véio, disse Jack o Marujo.

Como devemos atacar? perguntou o Imperador. Ponha os corruptos na linha de frente, disse Jack o Marujo, coçando as costas.

Leve uma carta para o Czar, disse o Imperador. Acho que vou chegar tarde demais, disse Jack o Marujo.

Vou caçar javalis, disse o Imperador. Prefiro ficar sentado na clareira, disse Jack o Marujo. Terra firme me dá enjoo.

Vou para o exílio, disse o Imperador. Melhor você se apresentar aos novos donos. Vou passá-los na adaga, disse Jack o Marujo.

Foi visitar o Imperador? Mas não temos Imperador há mais de cem anos, disse o cético. Senti vontade de comer javali, disse Jack o Marujo.

Perdi tudo, disse o flagelado. Vai no cofre da Suíça que tu acha, disse Jack o Marujo.

Preciso do cais para uma passeata contra a corrupção, disse o manifestante.

O fiscal libera. Leve uma garrafa de vinho, disse Jack o Marujo.

Gostaria de ser meu personagem? perguntou o oportunista. Claro, disse Jack o Marujo. Primeiro te ponho no mastro e depois, prancha.

Vamos assinar o contrato, disse o intermediário. Sou contra a pena de morte, disse Jack o Marujo. O senhor abraça causas? perguntou o militante. Não, abraço sereias, disse Jack o Marujo.

Flagelado é náufrago em terra, disse Jack o Marujo. É quando a água aproveita o fato de as casas não serem barcos. No fundo, tudo é praia.

O senhor costuma esquecer. Eu lembro de tudo, disse o inoportuno. O conjunto das recordações da anta chama-se antanho, disse Jack o Marujo.

Pombo correio

Vim pessoalmente saber por que o senhor não respondeu meu e-mail, disse a admiradora. Caiu o sistema dos pombos correio, disse Jack o Marujo.

O senhor não é muito velho para ela? perguntou a sirigaita. Idade, tamanho, nada. O que vale no amor é a pegada, disse Jack o Marujo.

Não tenho tempo para me apaixonar, disse a executiva. É justo, já estás casada com tua agenda, disse Jack o Marujo.

Vou deixá-lo por 30 segundos, disse a gentil pastora. Não vou conseguir suportar, disse Jack o Marujo. Se isolarem o gene do sentimento para vender em farmácia, serei fornecedor, disse o sonhador. Casarás com a humanidade, disse Jack o Marujo.

Agora é moda falar bem de mulher, disse a gentil pastora. Puro comércio, disse Jack o Marujo. Continuam com medo, os sem noção.

O senhor é gaúcho? perguntou o pesquisador. Já fui, disse Jack o Marujo, quando acreditava em geografia. Agora sou só amor de sereia.

Qual sua dança favorita, capitão? perguntou a visitante. Tango, disse Jack o Marujo. No pequeno espaço a bordo, cabe todo tipo de nó.

O senhor não tem medo de dar a resposta errada? perguntou o pesquisador. Não sabia que minhas respostas eram certas, disse Jack o Marujo.

Todos já foram embora. O que fazemos agora? disse a diretora do cais. Roubei um vinho da capitania.

Vamos emborcá-lo, disse Jack o Marujo.

Adeus, mande um pombo correio para mim, disse a bela pastora. Pode apostar, disse Jack o Marujo. Vou grudar um anel na pata do bicho.

Vivo no presente, disse o baladeiro. Eu também, disse Jack o Marujo. Este barco, por exemplo, onde moro, foi presente de Netuno.

Admiro sua macheza, capitão, disse a trapezista. Tudo nasce da mulher, disse Jack o Marujo.

O senhor é religioso, capitão? perguntou a noiva a bordo. Sou, mas só caso no civil, disse Jack o Marujo.

O marujo e a lua

Hoje o senhor demorou a aparecer, disse a garçonete. Estava fazendo sala para a Lua cheia, disse Jack o Marujo.

O que é a Lua para o senhor? perguntou a cosmonauta. Refletor de sereia, disse Jack o Marujo.

O senhor prefere Nova, Crescente, Cheia ou Minguante? perguntou a pesquisadora. Prefiro sem nuvens, depois da tempestade, disse Jack o Marujo.

A Lua realmente puxa a maré? perguntou a criança. Puxa, disse Jack o Marujo. Depois solta, para ela voltar.

O que devemos fazer numa noite sem Lua? perguntou o geógrafo. Rezar para que ela não esteja dormindo com Vesúvio, disse Jack o Marujo.

A Lua me persegue, disse o aspirante. Faz isso com todo mundo, disse Jack o Marujo. Ela busca um amor perdido e quando acha que encontra rola morro abaixo.

A Lua então é uma deusa? perguntou a mística. Nada, disse Jack o Marujo. É apenas uma mulher, mas como todas, tem seus truques.

O que o Senhor conversou com a Lua? perguntou a estudante. Falamos sobre passarinhos, disse Jack o Marujo. Depois ficamos quietos olhando pra ela.

E agora, ermo de Lua, o que vais fazer? perguntou o guarda-noturno. Esperar que ela me visite quando o mar pegar no sono, disse Jack o Marujo.

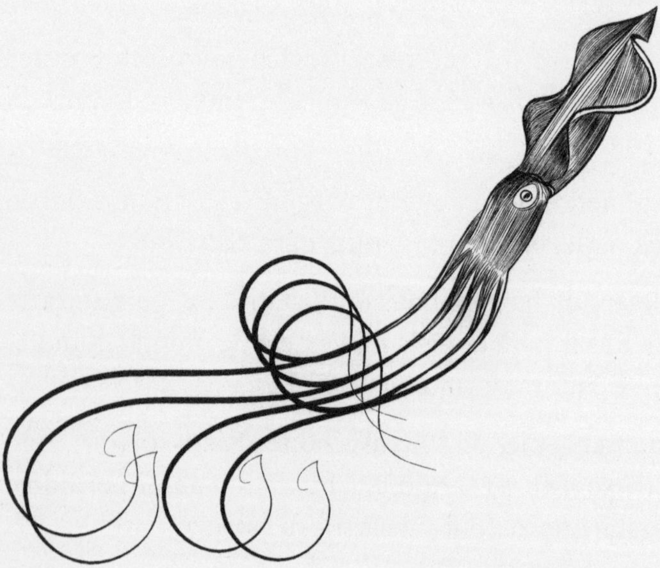

Um barco dentro de um vidro

O senhor fala com Deus? perguntou o crente. Toda vez que o barco afunda, disse Jack o Marujo. É agora, Senhor? pergunto. Fica mudo. Bom sinal.

Qual sua posição ideológica? perguntou o militante. Ente proa e popa, estibordo e bombordo, prefiro a gávea, disse Jack o Marujo.

O que acontece quando dormimos? perguntou o sonhador. Alguém puxa o mundo pelo avesso e some num túnel, acompanhado de vespas, disse Jack o Marujo.

O que o senhor faz na madrugada? perguntou o guarda-noturno. Velo pelo mar, disse Jack o Marujo. Alguém precisa ficar acordado quando Netuno dorme.

O senhor acha que, neste caso, uma DR resolve? perguntou o recém-casado. Depende, disse Jack o Marujo. Se ela não estiver armada...

Mas é assim que o senhor quer sobreviver? disse o empreiteiro. Para ganhar qualquer troco não é obrigatório baixar as calças, disse Jack o Marujo.

Para onde se dirige a humanidade? ao eterno? perguntou o religioso. Não. À padaria, pois nada melhor do que pão quentinho, disse Jack o Marujo.

Trouxe-lhe um presente, capitão, disse o antigo marinheiro. Um barco dentro de um vidro. Vou bebê-lo, para não chorar, disse Jack o Marujo.

Louro no convés

Agora chega de trabalhar, disse Jack o Marujo. Preciso entornar um tonel de rum. Demorou, disse o Papagaio.

Mas aonde o senhor arranjou essa peça? perguntou o Imediato apontando para o papagaio Ele veio amarrado a uma sereia, disse Jack o Marujo.

O capitão é uma pessoa correta, disse o Papagaio para o Almirante. Ele prometeu suborná-lo logo que o senhor chegasse.

O senhor gosta de ser Jack o Marujo? perguntou a repórter. Gosta, mas agora ele conseguiu um ghost-writer, disse o Papagaio.

Vou fazer a distribuição de sereias, disse o Papagaio para os corsários. Metade para mim, metade para vocês.

Depois que o Papagaio se aboletou no barco não tivemos mais sossego, disse um corsário. Verdade, disse outro. Ele vive cantando Justin Bieber.

O capitão mandou vocês se jogarem aqui, disse o Papagaio. Mas nós vamos morrer! disseram os corsários. Não terão tanta sorte, disse o Papagaio.

Aqui é o Papagaio, disse o Papagaio. Jack o Marujo diz que não vai. Mas eu posso fazer o mesmo pela metade do preço.

Bebeste todo meu rum? perguntou Jack o Marujo. Estava saudoso das Canárias, disse o Papagaio.

30 quilos de amendoim? O senhor está traficando aves silvestres? perguntou o bodegueiro. Não, é o Papagaio, explicou Jack o Marujo. Festeja demais.

Pararam de trucidar inimigos por quêêê? berrou Jack o Marujo. Horário de almoço, responderam os corsários.

O Papagaio colocou fotos suas na internet, disse o assessor. Maldito! Bem que notei seu silêncio quando atendi a sereia, disse Jack o Marujo.

Nosso capitão é batuta, diz o Papagaio no microfone da rádio. Ele está procurando uma rima, diz Jack o Marujo tocando a garrucha.

O Papagaio partiu. Disse que foi sentar praça, disse o Grumete. Maldito! E saiu sem varrer o convés, disse Jack o Marujo.

Que fim deu o Papagaio? perguntou o encarregado. Fritei para a sereia comer, disse Jack o Marujo. Ele mentiu que era eu para ser entrevistado no Jornal do Almoço.

Por que mataste o Papagaio? Era um baita personagem, disse para Jack o Marujo. Ele escapou, disse o capitão. Fugiu para o tombadilho.

Ombro, armas!

Recebi uma carta do Imperador, disse Jack o Marujo para o guaipeca do cais. Ele sente saudades dos javalis que comia na mata.

Vimos convidar o senhor para uma palestra, disse o oficial. Aceito, disse Jack o Marujo. Gosto de falar com recrutas: Ombro, armas! Alto!

Vamos fazer um show a bordo, precisamos do barco, disse o líder da banda. Tá. Vou chamar os tubarões pra fila do gargarejo, disse Jack o Marujo.

O senhor tem alguma coisa para as vítimas da corrupção? perguntou a voluntária. Só um monte de propaganda da eleição passada, disse Jack o Marujo.

Por que os piratas usam tapa-olho? perguntou o bibliotecário. Para facilitar o uso da luneta, disse Jack o Marujo.

O senhor já encontrou algum tesouro, capitão? perguntou o aventureiro. Já, respondeu Jack o Marujo. Mas o fisco levou.

Tem pôneis malditos no motor do seu barco, capitão? perguntou o garoto. Tinha, respondeu Jack o Marujo. Usei como isca.

Vou abrir licitação para vaga de sereia, disse Jack o Marujo. Você não, Flipper! O senhor já afundou muitos navios? perguntou o curioso. Muitos. Mas consegui escapar com vida de todos eles, disse Jack o Marujo.

Mas isso é bula de remédio! gritou Jack o Marujo. Não me enganas, capitão, disse Long John Silver. Isso aqui é charada que indica o ouro.

Confesse onde está o tesouro, biltre! disse Long John Silver. Não devia ler livros de pirata, acabo tendo pesadelo, gritou Jack o Marujo.

Trouxe um livro de piratas para o senhor ler, é um clássico, disse o universitário. Joga isso para os tubarões, disse Jack o Marujo.

O senhor vê filme de pirata? perguntou a promoter. Sereia não gosta de pipoca, disse Jack o Marujo.

Qual o tamanho do maior peixe que o Senhor pegou? perguntou o menino. Está vendo aquela montanha lá? disse Jack o Marujo.

O senhor chegou a ver Deus? perguntou a crente. Não me animei, disse Jack o Marujo. Ele até me convidou...

E o que fazemos com os poemas? perguntou o combatente depois da batalha. Solte tudo no vento que eles encontrarão pouso, disse o capitão.

"O senhor é muito superficial, disse a doutoranda. Precisa amarrar melhor suas teorias". Aprendi com os naufrágios, disse Jack o Marujo.

Vou me retirar para uma ilha e escrever o livro da minha geração, disse o sonhador. Não esquece de levar a mamãe, disse Jack o Marujo.

Como consegue dormir neste barco, conta cardumes? perguntou a insone. Não, viro para o lado e ronco. Netuno faz a ronda, disse Jack o Marujo.

Jack candidato

O que o senhor acha da democracia? perguntou o político. Conhecia antes de ir para a zona, disse Jack o Marujo.

Queremos comprar seu voto para nosso candidato, disse o político. Vendo, disse Jack o Marujo. Deposite no Fundo do Amor à Sereia.

Queremos que o senhor se candidate, disse o dono de partido. Aceito. Vou lutar pelos direitos das sereias, disse Jack o Marujo.

Tenho um encargo para o senhor, disse o chefão. Preciso sumir com uns políticos. Anuncie no jornal que fazem de graça, disse Jack o Marujo.

Estive lá, disse o político, e lutei pela democracia. Grande coisa, ninguém está mais lá, disse Jack o Marujo. Agora relaxa e para de roubar.

Sou candidato, vou lutar pelos seus direitos, disse Jack o Marujo. O que vocês mais precisam? Batoooom!! responderam em coro as sereias.

Mas só isso vocês vão reivindicar na política, batom? E os direitos humanos? perguntou Jack o Marujo. Humanos? responderam as sereias.

Para acertar o país precisamos de uma boa guerra! disse o coronel aposentado. A que está na nossa porta não serve? perguntou Jack o Marujo.

Qual seus propósitos ao entrar para a política? perguntou o repórter. Já abri muitos cofres, disse Jack o Marujo. Vamos aterrar o porto. Precisaremos do seu voto, disse o dono de partido. Certo, disse Jack o Marujo. Não gosto quando acenam para os navios.

O senhor estudou? perguntou a mestra. Coloquei os professores na prancha e mandei contar até dez. Aprendi assim a tabuada, disse Jack o Marujo.

O senhor já esteve na China? perguntou a viajante. Já, disse Jack o Marujo. Mas só uma vez. Não consigo fazer a segunda viagem. Emperra no 99.

Nada lavará a mancha que a política deixará na sua biografia, disse o líder. Será?

E se eu usar escama de sereia como lixa? disse Jack o Marujo.

Está pegando mal sua candidatura, disse o Papagaio. É só um truque, disse Jack o Marujo. Eu não acredito em duende.

Precisamos valorizar a democracia, disse o corrupto. Quanto está valendo no câmbio de hoje? perguntou Jack o Marujo.

Jack tem a manha

O que é a esperança? perguntou o centroavante. É a que fica no banco quando o medo ocupa a posição de titular, disse Jack o Marujo.

O sábado promete, capitão? perguntou o guarda. Sim, um grupo de aves vai viajar para outro mundo. Quero ouvir o ruído de asas.

Correios estão em greve, disse o estafeta. Droga! Eu sabia que tinha que aumentar a dose de alpiste para meus pombos, disse Jack o Marujo.

Quero te apresentar minha nova namorada, disse o conselheiro matrimonial. Como vai, Gertrudes? disse Jack o Marujo.

Passou o dia fora, capitão? perguntou o fiscal. Fui inaugurar um navio, disse Jack o Marujo. Mas o champanhe desmontou o casco. Era chinês.

Todo mundo já foi assaltado nesta cidade, menos o senhor Qual o segredo, capitão? perguntou o segurança. Minha catinga, disse Jack o Marujo.

O senhor já vai embora? disse a plateia. Preciso acordar cedo, disse Jack o Marujo. O sol não gosta de ser ignorado e pode voltar a dormir.

Mais papagaio

O Papagaio não saía do ombro do novo Grumete. Você é fresco? perguntou Jack o Marujo. O Grumete não tem tanta sorte, disse o Papagaio.

O Papagaio me beliscou, disse a sereia. Mas ele é fresco, disse Jack o Marujo. Vai passear que vou abrir o freezer pra ela, disse o Papagaio.

Esta madrugada é o início da primavera, disse o Papagaio. Eu sabia que tu *era* fresco, disse Jack o Marujo.

Um Almirante se conhece pelos botões, disse o Papagaio para o visitante. Vou mandar te abotoar, disse Jack o Marujo.

Muito bom, disse o Almirante. Foi o senhor que fez, capitão? A história dos cafés se divide entre antes e depois deste café, disse o Papagaio.

O senhor vive no passado, disse o vanguardista. Então essa sua observação já está me fazendo companhia, disse Jack o Marujo.

Vou aproveitar o dia sem carro para passear de carro, diz o piadista. Venha até o barco para experimentar a prancha, diz Jack o Marujo.

A coragem tem ouvidos

Acho besteira esse negócio de comemorar a Revolução Farroupilha, disse o Grumete. Quieto, guri, que a coragem tem ouvidos, disse Jack o Marujo.

Que país é esse? perguntou o scholar. Um passageiro que se atirou da amurada do barco com a âncora amarrada ao pescoço, disse Jack o Marujo.

Gostaria de voar, capitão? perguntou o Brigadeiro. Mar é ar, disse Jack o Marujo. E os peixes são suas asas.

Estamos prontos para partir! disse o Grumete. Respeite a autoridade do Imediato, disse Jack o Marujo. Não se aproprie do que não lhe pertence.

As pessoas são más? perguntou o garoto. Só quando roubam o lugar dos outros, disse Jack o Marujo. Isso acontece o tempo todo, mas não com todos.

E depois da primavera, o que vem? perguntou o garoto. Vem a barbárie, disse Jack o Marujo.

Jack põe na prancha

Gostei de conhecer o senhor ao vivo, disse a representante do colégio. Se me chamar de fofo vai para a prancha, disse Jack o Marujo.

Por que o senhor colocou aquele sujeito na prancha, todo amarrado? Ele vai se afogar! avisou o Imediato. Me chamou de meu caro, disse o capitão.

A sereia me deu um beijo de despedida, disse o Papagaio para Jack o Marujo. O meu foi de língua, disse o Grumete, já amarrado na prancha.

O senhor precisa fazer um tratamento de pele e caminhar, disse a saradona. Já vi muito peixe bonito no gancho, disse Jack o Marujo.

Você é feio, hem, Papagaio, além de velho, disse o sincero. Por que, quer me comer? disse o Papagaio.

Que péssima aparência, capitão, disse a analista. Isso que ainda não acordei, disse Jack o Marujo.

O senhor é muito preso ao passado? perguntou o invasivo. Não. Naquela época eu não tinha a chance de hoje de te dar uma surra, disse Jack o Marujo.

Vou condecorá-lo com a Ordem do Marinheiro, disse a Rainha. Prometo a presença do meu pai, Netuno, disse Jack o Marujo.

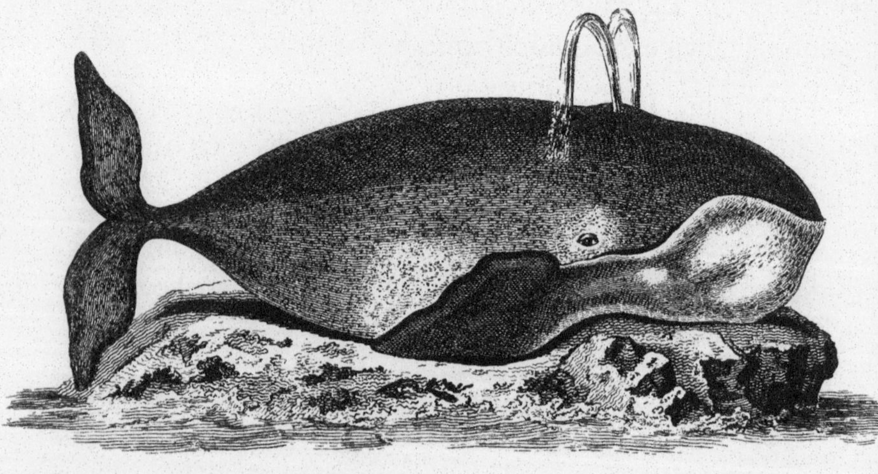

Desaforos

Preciso que o senhor leve umas feras do mato para a Noruega, disse o contrabandista. Não trabalho com políticos, disse Jack o Marujo.

Vamos matá-los, disse o corsário diante dos prisioneiros. Vamos fazer pior, disse Jack o Marujo. Liga no Jornal Nacional.

Entreguem-se! Quantos são vocês? gritou o inimigo. Um Grumete, um Imediato e uma Sereia. E minha espada de São Jorge! disse Jack o Marujo.

O capitão fica em volta da nova sereia e não quer mais saber do batente, disse o Papagaio. Qualquer coisa faremos peixe, disse o Imediato.

Vamos levantar âncora, disse Jack o Marujo. O senhor está no bar, disse o Imediato. Içar velas! disse Jack o Marujo. Há dez horas estamos navegando, disse o Imediato.

O senhor só quer elogios? perguntou Jack o Marujo. Só aceito de maravilhoso para cima, o que é bem pior, disse o argonauta.

O senhor já enjoou com essas frases, disse o Blocked. Quem anda de barco enjoa, disse Jack o Marujo.

Verbos defectivos se conjugam? perguntou Jack o Marujo. Apenas nas formas arrizotônicas, disse o Grumete. Escola militar, murmurou o capitão.

Precisamos de um professor de náutica, disse o Instrutor. Não contem comigo, disse Jack o Marujo. Sei boiar, mas por motivos misteriosos.

Estudam tabuada no fundo do mar? perguntou Jack o Marujo. Não, só solfejo, disse a sereia. Onde você quer chegar? perguntou o amigo. Ao Destino, disse Jack o Marujo.

Por que tanta estátua do General Osório? Perguntou o estudante. Quando ele morreu, o Imperador pôs o bravo nos ombros junto com a multidão, disse Jack o Marujo.

O que é um bravo? perguntou o soldado. O Imperador D. Pedro I foi a cavalo, sozinho, sem escolta, falar com rebeldes em Minas, disse Jack o Marujo.

Encontrou um grupo na estrada e conversou com eles, desassombrado e sem ameaçar ninguém. Acabou ali a rebelião.

Deus não existe, disse o corsário. Devolva o relógio e fique de joelhos no convés! disse Jack o Marujo.

Leio pensamentos, disse o místico. Então por que estou aguardando há meia hora aquela dose de rum? perguntou Jack o Marujo.

Já roubaram muito do senhor? perguntou o Grumete. Já, mas não adianta levar o rio se a fonte permanece inacessível, disse o capitão.

Mas só isso vocês vão reivindicar na política, batom? E os direitos humanos? perguntou Jack o Marujo. Humanos? responderam as sereias.

Siga o meu ritmo, disse a ginasta. Impossível, sigo o das ondas, disse Jack o Marujo.

A Pátria precisa do Senhor, disse o magistrado. Ela está em boas mãos, Excelência, disse Jack o Marujo. Só precisa de uns ajustes de garrucha.

O senhor quer mandar algo bonito para ela? perguntou o poeta. De mim ela terá só sal e esse rosnar da solidão na noite alta, disse Jack o Marujo.

E onde ponho esse resto de saudade que está no chão? perguntou o encarregado. Jogue no mar. Ele irá matar a sede com isso, disse Jack o Marujo.

Tanta sereia e o Senhor descornado só por uma, disse o conquistador. Esta sabia o Cisne Branco de cor, disse Jack o Marujo.

O Senhor não tem medo, capitão? perguntou a estudante. O mar engoliu a terra, mas me poupou. O que deveria temer?

Onde está seu Norte? perguntou o educador. Pendurado na ultima agulha de um naufrágio, disse Jack o Marujo.

Um almirante estrangeiro rendeu a esquadra diante do seu barco? perguntou o sargento. É impossível derrotar um bravo, disse Jack o Marujo.

Primeira vez que vejo o mar, disse o lavrador. Então o mar nasceu agora, disse Jack o Marujo.

Os veteranos

Vejo que o senhor está pronto para zarpar. Quando parte, capitão? perguntou o fiscal. Quando a Estrela Dalva der o comando, disse Jack o Marujo.

O senhor não descansa, capitão? perguntou o Grumete. Só quando sou dispensado pelas estrelas, disse Jack o Marujo.

Esteve o dia fora, capitão? perguntou o Imediato. Sim, fui visitar os veteranos de guerra. Agradecer por estar vivo, disse Jack o Marujo.

E o senhor quando se aposenta? perguntou o veterano. Quando a paz for capaz de emitir uma ordem, disse Jack o Marujo.

Cansei de lutar, disse o veterano. Agora vou doar minha espada ao museu. Quando um bravo se retira, a mocidade fica de pé, disse Jack o Marujo.

Que esperança o senhor guarda? perguntou a poeta. A mais difícil de realizar. As outras eu solto no campo para salvar o dia, disse Jack o Marujo.

Por que o senhor vaga pelo mar? perguntou a poeta. Porque assim treino para a outra vida, disse Jack o Marujo.

Do que o senhor tem medo? perguntou a poeta. De obedecer uma ordem e perder a guerra, disse Jack o Marujo.

Na internet

Seu micro é um IS-30 plus! disse o técnico. Isso é sucata! Não viste ainda o porão do meu barco, disse Jack o Marujo.

Ela finalmente voltou? perguntou o Papagaio. Consertou o notebook, disse Jack o Marujo.

Vamos cortar sua banda larga, disse o cobrador. Faça isso, mas saia pela prancha, disse Jack o Marujo. Como foi o encontro com a comunidade virtual? perguntou Jack o Marujo.

São todos gordos, disse o Grumete. Então varra o convés, disse o capitão.

Você passa o dia nesse micro. Varra o convés! disse Jack o Marujo. Dá um tempo, capitão. Faço o maior sucesso com suas frases, disse o Grumete.

Recebeste meu e-mail? perguntou a Sereia. Por que achas que estou usando meu uniforme de gala? disse Jack o Marujo.

Vamos afundar, mande um SOS para o site da Guarda Costeira, gritou o Papagaio. Fizeste a antena de poleiro, canibal! disse Jack o Marujo.

Seu barco precisa de um up-grade, disse o expert. Já ouvi falar, disse Jack o Marujo. Mas parece que já tenho um, que comprei no ano passado.

O que você faz o dia inteiro em frente ao micro? perguntou o Papagaio. Não estou em frente ao micro, mas em frente a pessoas, disse o Grumete.

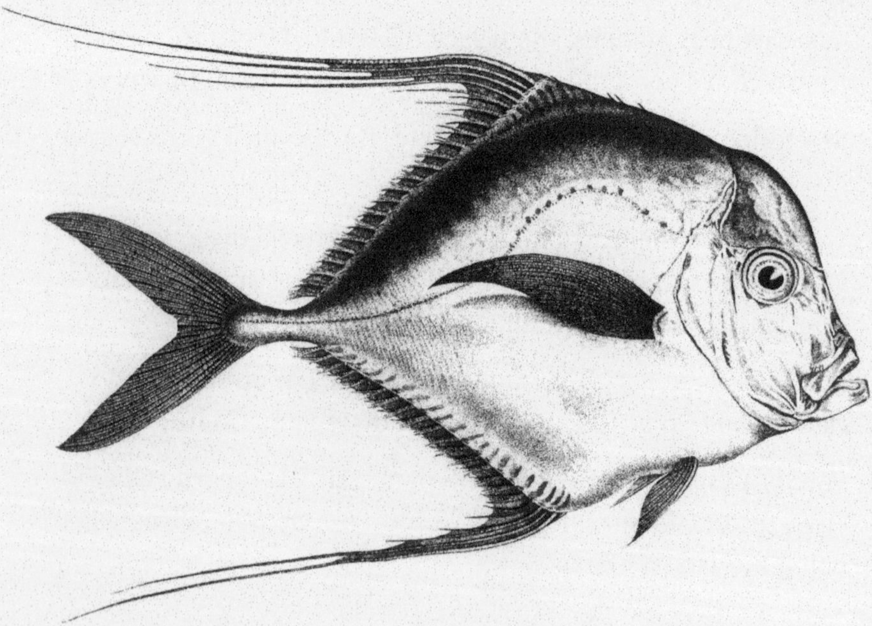

Na Ilha de Sumatra

"I'm at ilha Sumatra" (Jack o Marujo)

"Corsários sequestraram irlandeses here in Sumatra. Negociei com minha carga de rum. Agora só bebo chá de losna. Jack (via pombo correio).

Pombo correio chegou com a perna quebrada, disse o Grumete. É um recado de Jack, disse o Imediato. Ele tomou Sumatra!

A caixa postal do pombo correio está lotada, disse o Grumete. Maldita greve! disse Jack o Marujo. Demorou demais.

Aquele navio está nos seguindo, disse o Imediato. Vamos retuitá-lo para disfarçar e depois pô-lo a pique, disse Jack o Marujo, mirando a proa.

Foi bem lá em Sumatra? perguntou o Almirante. Sim, disse Jack o Marujo, aproveitei as manifestações para saquear alguns bancos.

Por onde o senhor passa deixa um coração partido, disse a viajante. São elas que escolhem, disse Jack o Marujo.

Belo dia de verão. Vamos atracar? perguntou o Imediato. Já atracamos, disse Jack o Marujo. Há uma hora.

Liberei o barco, disse Jack o Marujo. Enquadrei o fiscal. Inventei a prancha a domicílio.

Cartas na gaveta

Vou matá-los desta vez! gritou Jack o Marujo na alvorada. Calma, foi só um pesadelo, disse a Sereia. Vou matá-los igual, disse o capitão.

A noite nublada tinha um clarão estranho. É você, Lua? perguntei, sem obter resposta. Estava em reunião, negociando tempo firme, talvez.

O que faço com cartas antigas que estão lotando gavetas? disse a Sereia. Nenhuma era para mim, disse Jack o Marujo. Eu ainda não te conhecia.

Hoje é sexta-feira, disse o Grumete. Preciso sair mais cedo. Não esqueça de levar a gentileza, disse Jack o Marujo. Precisa-se por toda parte.

Achei que o Senhor fosse alguém, mas é um velho! disse o invasivo. Ande sobre a prancha que tem uma surpresa no final dela, disse Jack o Marujo.

A idade deixa as pessoas rabugentas, disse a metida a interessante. Verdade, disse Jack o Marujo. Levamos a vida toda para nos livrar disso.

Quero ser como o senhor quando chegar à sua idade, disse o invasivo. Talvez não chegues a lugar nenhum, disse Jack o Marujo alisando a garrucha.

Estou com medo, disse o Grumete. A madrugada é sempre sinistra. Verdade, disse Jack o Marujo. Fique de prontidão. O escuro anda armado.

Arruaceiros querem abordar o barco, disse, assustado, o Grumete. Deixa vir, disse Jack o Marujo. Eles estão implorando por uma guerra.

Meu avô disse que o Tempo não existe, disse o garoto. Que é pura ilusão. É um sábio, disse Jack o Marujo. Sou ainda seu Imediato.

Por que chamam a alta madrugada de manhã? perguntou o garoto. Sempre achei que manhã tinha sol. E tem, disse Jack o Marujo. Mas ainda dorme.

Já passa da meia noite, avisou o fiscal. E daí? É o fim do mundo? Está ouvindo por acaso alguma trombeta do anjo? disse Jack o Marujo.

Grumete pergunta

Qual meu problema então? perguntou o Grumete. “És um virtual serial fucker”, disse Jack o Marujo. “Precisas abandonar esse hábito”

O que faço com ela? perguntou o Grumete, trêmulo. Convide para dançar. Não caia na asneira de contar sua vida, disse Jack o Marujo.

Acho que ela gosta de mim. Sempre que me declaro, ela ri, disse o Grumete. Procure outra, disse Jack o Marujo.

Já pedi desculpas, disse o Grumete. Fez bem. Agora vista a melhor roupa e a convide para dançar. Não vá contar sua vida, disse Jack o Marujo.

Quer dizer que amor é só imaginação? perguntou o Grumete. É mais do que isso, disse Jack o Marujo. É anzol, mas você precisa usar o arpão.

Quando eu for assunto, pensem bem nas consequências, disse Jack o Marujo com a mão na garrucha quando foi homenageado pelos grumetes.

Você passa o dia escrevendo bobagens? perguntou Jack o Marujo. Não são bobagens, disse o Grumete escritor. São aerólitos.

O senhor já criou um microconto? perguntou o Grumete escritor. Já, disse Jack o Marujo. Mas uma sereia comeu.

Mas eu vou ter que casar? perguntou o Grumete. A outra alternativa é deixar a guria escolher teu vizinho, disse Jack o Marujo.

Não posso mais viajar! disse o Grumete. Estou apaixonado! O barco dispõe de serviço de pombo correio, disse Jack o Marujo.

PARTE II

O Casamento de Jack o Marujo

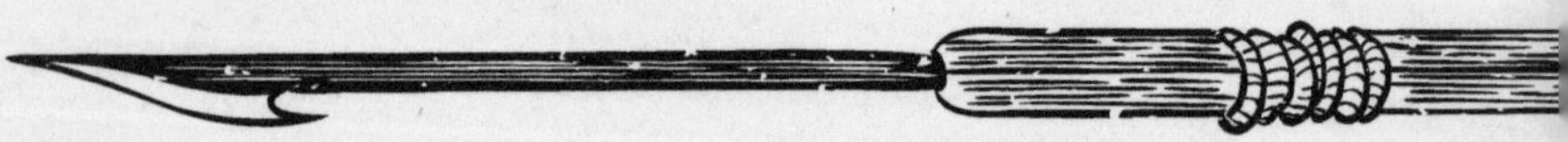

Explica-se agora o longo sumiço do capitão: foi se despedir dos amores que deixou em cada porto. Não contou nada a ninguém e voltou disfarçado. Aos poucos, foi revelando suas intenções, até fazer o pedido para a Sereia. Os antecedentes e a cerimônia estão a seguir. O casamento causou grande comoção no Twitter, onde o capitão cresceu e se desenvolveu e ganhou um número imenso de admiradores de todos os gêneros e idades. O capitão do amor sucumbiu ao sentimento. Viva as leis do coração!

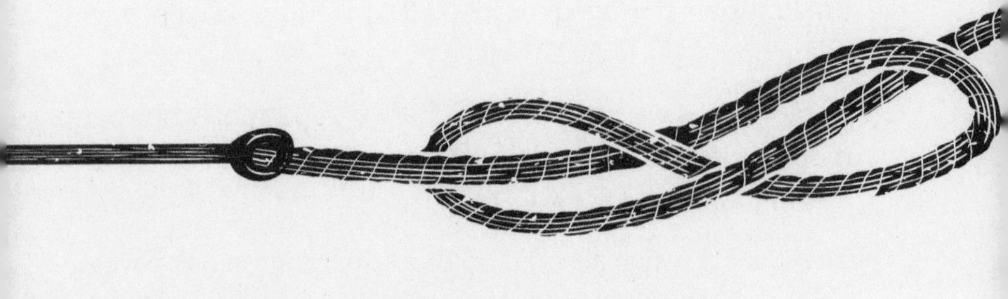

A solidão

Jack o Marujo acorda na noite alta, vai para o convés e nota a neblina espessa de estranha luminosidade. É você, sereia? balbucia o capitão.

Ela levou sua luneta e suas medalhas, capitão, disse o Papagaio. Dei para ela, disse Jack o Marujo. Daria mais, se mais de um coração tivesse.

O amor não existe, disse o corsário. O que há é o butim. Certo, disse Jack o Marujo. É por isso que saqueaste os 7 mares depois que ela te abandonou.

O que mais te perturba quando o amor dá um tempo? perguntou o anjo. O silêncio, disse Jack o Marujo.

Nenhuma carta, e-mail, nada? perguntou o Papagaio. Só uma música, mas eu quebrei o CD quando ouvi os primeiros acordes, disse Jack o Marujo.

Então vamos estender a rede, disse o Papagaio. Amor perdido se cura com uma boa pescaria. Vá você, disse Jack o Marujo. Eu vou colar o CD.

Mas ela levou algo de valor do barco? perguntou o Papagaio. Nada, só algumas horas de felicidade juntos, disse Jack o Marujo.

Qual o lugar mais remoto que visitou, capitão? perguntou o aventureiro. O coração da sereia, disse Jack o Marujo.

Chegou a primavera, disse a sonhadora. De que me adianta? disse Jack o Marujo. No inverno eu tinha a sereia.

Está quieto demais, capitão, disse o tenente em visita ao barco. Perdi um amor, disse Jack o Marujo. Custa um pouco até sair do luto.

Onde pomos as flores? disse o faxineiro. Bota no vapor. Vou inundar o mar com o seu cheiro, disse Jack o Marujo.

Agora não há mais tempo, perdemos a maré, disse o Imediato. Melhor, assim posso ficar mais um dia agarrado à esperança, disse Jack o Marujo.

Sereia pode saltar do barco no meio da viagem, disse Jack o Marujo para o Grumete. O que não pode é levar meu coração junto.

E agora, navegamos? perguntou o Imediato. Vamos aguardar mais uns instantes, disse Jack o Marujo. Senti um perfume despertando. Ainda há tempo.

Ela mandou uma mensagem cifrada, disse o Grumete. Um pacote de conchas que colhemos juntos, disse Jack o Marujo. Bandida!

Ela pensa em ti, mesmo curtindo o Baile da Primavera, disse o Papagaio. Sorte tua que tens asas para escapar da prancha, disse Jack o Marujo.

Cadê a sereia? Não estava de cama? perguntou o Papagaio. São sempre assim, disse Jack o Marujo. Quando melhoram vão comemorar longe de mim.

Ela só virá à noite, disse o mensageiro. Desde já vou me dedicar à tarefa de ser um infeliz, disse Jack o Marujo.

Escamas

Vamos descer e tomar hectolitros de rum? disse o Imediato. Pode ir. Eu fico. Ouvi um barulho de escamas em Sumatra, disse Jack o Marujo.

Infeliz o dia em que te conheci, disse Jack o Marujo. Agora é tarde, disse a Sereia pelo pombo correio.

Vou me embora à meia noite, disse a Sereia. Escama perdida depois do baile cabe em qualquer uma, cuidado, disse Jack o Marujo.

Está com a cara marcada, levaste uma surra da sereia? perguntou o invasivo. Homem não bate em sereia. Homem apanha, disse Jack o Marujo.

Quem inventou “nem tanto ao mar nem tanto à terra”? perguntou o filólogo. Alguém que ficou ancorado com a sereia no cais, disse o capitão.

Vou libertá-lo dessas correntes, disse a Rainha depois da batalha. Só a sereia tem a chave, confessou Jack o Marujo.

O senhor acredita em Deus? perguntou a sereia recém capturada. Agora acredito, disse Jack o Marujo.

De que é feito esse teu capitão? perguntou a curiosa. Jack o Marujo é feito de aço, mas flutua, respondeu a Sereia.

O que é o amor? perguntou o Grumete. É um presente secreto da Lua cheia e das manhãs de sol depois do naufrágio, disse Jack o Marujo.

Sereia

Quando decidiu ser marinheiro? perguntou o guri. "Quando soube que metade de um peixe poderia ter seios".

Minha barba vai te machucar. Nada em você me machuca, respondeu a sereia.

Não posso ser seu amigo. Não consigo ficar indiferente ao brilho das escamas, disse Jack o Marujo.

Cante um poema, disse Jack o Marujo."Morri, mas ninguém deu bola. Aí desmorri. O amor, que está acima de tudo, me despertou", disse a sereia.

O que faz o senhor sentado no cais a esta hora? perguntou o guarda. Fui convocado pela Lua nova, disse Jack o Marujo.

Conheci outra pessoa, disse a sereia. Vou transformá- lo numa pasta disforme, disse Jack o Marujo.

Quem é o felizardo? Quero ter um particular com ele, disse Jack o Marujo. É o Vento! disse a Sereia, chorando. Danado! falou o capitão.

Ele me pediu em casamento, disse a sereia. Sortudo de uma figa.

Vou mandá-lo para a Legião Estrangeira, disse Jack o Marujo.

Tem sereia de coração partido que foge levantando vôo, diz Jack o Marujo. Ela procura o cara solitário do alto da gávea.

A Lua nova coincidiu com setembro, disse a florista. Combinaram com o mar, para despertar a vontade dos navegadores, disse Jack o Marujo.

Vamos levantar âncora, disse o Imediato. Impossível, disse Jack o Marujo. Meu coração está preso na corrente desde que ela foi embora.

Posso ir? perguntou a sereia. Você já foi há tempos, isso é só formalidade, disse Jack o Marujo. E leve suas escamas. Saudade mata pelo cheiro.

Sereias não engravidam. Como se reproduzem? perguntou o intruso. Ovos fecundados por Netuno, disse Jack o Marujo.

Por que homem se assusta conosco? perguntou a sonhadora. Porque, fisicamente, na hora H, não tem como mentir para uma mulher, disse Jack o Marujo.

Hoje é o Dia Mundial da Sereia, disse o Imediato. Bem que eu notei que estavam todas emburradas, disse Jack o Marujo. Esqueci da data.

Se o senhor não mergulha e a sereia não sobe no barco, o que acontece entre vocês? perguntou a curiosa. Trocamos e-mails, disse Jack o Marujo.

O que mais lhe atrai nas sereias? perguntou a editora de comportamento. Os ombros, disse Jack o Marujo.

"Sereia dorme submersa? É metade gente, não se afoga?" perguntou a poeta. Ela respira por aparelhos, disse Jack o Marujo. Seus grandes olhos.

Quando a sereia dorme fora d'água, as escamas não secam? perguntou a poeta. Só a falta de amor provoca o deserto, disse Jack o Marujo.

Mas o senhor ainda não foi, não vai aproveitar a maré? perguntou o fiscal do cais. O dia só começa quando a sereia acorda, disse Jack o Marujo.

O senhor estudou? perguntou a professora. Aprendi no livro das estrelas e o resto com a sereia me dando uns cascudos, disse Jack o Marujo.

Quando você vai voltar, amor? sussurrou a sereia. Avisa o fiscal que não volto mais porque fiquei surdo, disse Jack o Marujo para o Grumete.

O senhor tem muitos filhos? perguntou a assistente social. Cardumes, respondeu Jack o Marujo.

Sereia depende de sua fé, disse o capitão. Mas EXISTEM? insistiu o menino. Não solte escamas no convés que sua mãe não deixa, disse Jack o Marujo.

Hoje tem Lua, disse a Sereia. Sim, disse Jack o Marujo. Só notei agora, quando ela se aproximou de ti.

Onde você estava? perguntou, aflita, a Sereia. Se um dia provarem que te abandonei, tenha certeza que Deus mentiu, disse Jack o Marujo.

Domingo é dia de promessa, disse a Sereia. Peço pelo amor, que não me esqueça, disse Jack o Marujo.

Vocês estão acordados há muito tempo? perguntou o Imediato para o capitão e Sereia. O amor começa cedo, disse Jack o Marujo.

Achei que aquele enxame de abelhas iria pousar no barco, disse a Sereia, abraçando o capitão. Já temos mel suficiente, disse Jack o Marujo.

Deixei o uniforme tinindo para o senhor usar na cerimônia amanhã, disse a Sereia. Obrigado, disse Jack o Marujo. A Pátria precisa de elegância.

Deu meia noite, capitão, disse a sereia. Hora de zarpar, disse Jack o Marujo. Vou contratar o vento. A sucessão dos dias faz sentido para o senhor? perguntou o sacerdote.

Nenhum, desde que escoltei o amor até o exílio, disse Jack o Marujo.

Se eu for embora o que pretende fazer, capitão? Legião Estrangeira, disse Jack o Marujo. Só o deserto seca um coração ferido.

Os poetas estão em greve! gritou o Grumete. Não vai durar, disse Jack o Marujo. Ninguém vai correr o risco de ter sereia brava no alto mar.

Fez uma longa viagem, precisa descansar, disse a Sereia. Só durmo se o amor ficar de guarda, disse Jack o Marujo.

Bom sábado para um passeio, disse a turista. Pode ir, disse Jack o Marujo. Ainda não tocou o despertador da Sereia.

A Sereia acordou e quer colo, disse Jack o Marujo. Levantar, âncora!

Teu capitão não vai ver o jogo? perguntou a confidente. Não, ele prefere o amor, disse a sereia.

Porque você não canta mais para atrair os marinheiros? perguntou Jack o Marujo. Porque um deles não se afogou, disse a sereia.

Gosta de música? perguntou a harpista. Sim, disse Jack o Marujo. Frequento o bar onde as sereias cantam. Sou o único que volta para o barco.

Ele está louca pelo senhor, disse o amuado. Não, seu trouxa. Quer apenas ouvir frases de amor de alguém. Pode ser você, disse Jack o Marujo.

A quem o Senhor pertence, capitão? perguntou a rainha. Apenas ao meu coração, majestade, disse Jack o Marujo.

Está chorando, capitão? perguntou a Sereia. Não, foi só uma lembrança que passou um pano molhado nos meus olhos, disse Jack o Marujo.

Não queria te assustar, disse Jack o Marujo. Mas hoje os carniceiros de peixe estão bêbados. Sei me defender, meu capitão, disse a Sereia.

Gostei de ver capitão. Caprichou na farda, hem? O que houve? disse o anfitrião. A sereia passou a ferro revirando os olhos, disse Jack o Marujo.

Homem não chora, capitão? perguntou a visitante. Só quando uma lembrança se impõe no toque de silêncio, disse Jack o Marujo.

Passei o dia te esperando. Notou que eu estava aqui? perguntou a navegante. O teu perfume tinha me contado, disse Jack o Marujo.

Choro porque você falou q quer todas, disse a sereia. Eu menti, disse Jack o Marujo. E quem garante que não mente agora? Ninguém, disse o capitão.

Já que o estoque de mel foi renovado, quero escutar algo doce, disse a Sereia. Faça minha barba, disse Jack o Marujo.

Preencheram a vaga de sereia? perguntou o cardiologista. Sim, disse Jack o Marujo. Ela está chegando. Traz meu coração para o senhor examinar.

Por que o senhor não diz logo que gosta de mulher em vez de dizer sereia? perguntou o pragmático.

Para fugir da encrenca, disse Jack o Marujo.

Por que o senhor encanta as sereias? perguntou a poeta. Porque sabem que escolho só uma e isso enche todas de esperança, disse Jack o Marujo.

Não sei quando volto, disse a Sereia. Eu sei, disse Jack o Marujo. Quando o amor desistir de partir.

Minha cota de amor está preenchida, disse a Sereia. Então volte para o fundo do mar, disse Jack o Marujo. Eu ainda estou com a despensa vazia.

O que faço com o senhor? perguntou a sereia para o capitão, pronto para pular. Leve-me contigo, disse Jack o Marujo.

Por que o senhor fez a cama ao relento, no convés? perguntou o Imediato. Talvez uma estrela me mostre onde ela está, disse Jack o Marujo.

Vem almoçar? perguntou a Sereia na volta das férias. Estou juntando os pedaços depois que fui esquartejado pelo abandono, disse Jack o Marujo.

Um dia ela volta, disse o Papagaio sorvendo um refrigerante no alto mar. Vá até o continente trazer lenha, disse Jack o Marujo.

O que o Senhor usa para fisgar sereia? perguntou o pescador. A isca de sempre. Amor, arrancado do corpo, respondeu Jack o Marujo.

Quando o Senhor era moço não falava tanto assim em amor, disse o Almirante. Amor é desvantagem, disse Jack o Marujo.

Estou apaixonada, disse a Sereia. Minta que é por mim, disse Jack o Marujo.

Por que tantas bandeiras, apitos, esse uniforme de gala, capitão? perguntou o Imediato. Quem estamos enterrando? O amor, disse Jack o Marujo.

Não preciso de mais nada. Recebi um bom dia da gata, disse o Grumete. Leve-a para ver o mar, disse Jack o Marujo. Por que tantas algas no compartimento do capitão? perguntou o Imediato. A sereia é vegetariana, respondeu o Papagaio.

A viagem

O que viu por lá? perguntou o Almirante. Visitei o alto mar, onde mora Netuno, disse Jack o Marujo. Lá existe uma fonte que nos salvará.

A Sereia era a mais bela da noite, disse Jack o Marujo. E fez questão de refletir só o meu olhar no brilho das suas escamas.

Seu coração está enorme. Precisa caminhar no convés, disse o médico. É o amor. Me deixa imobilizado, disse Jack o Marujo.

Uma mensagem do capitão veio pelo pombo correio, gritou o Grumete. Jogue no mar, disse o papagaio. A sereia já está entrando na minha.

O vento bateu na janela do barco. É você, Jack? perguntou a Sereia. Mas havia apenas a Lua cheia prateando o mar, eco de suspiros.

Jack está sumido depois de muito aprontar. Viajou para um dos sete mares. Mas ele voltará, com tudo. Um amor em cada porto.

Relacionamento sério é correspondência comercial. O amor é pândego, disse o palhaço. Não fale isso diante da sereia, disse Jack o Marujo.

Na noite de Lua Cheia, a sereia não parava de chorar. Vai ter um troço desse jeito, disse Jack o Marujo. Já tive, disse ela.

Hoje vai ter Lua Cheia, capitão, avisou a Sereia. Nada se compara ao que tenho agora na minha frente, disse Jack o Marujo.

Para que servem as sereias? perguntou o Grumete. Para morrermos no mar, disse Jack o Marujo.

Roubaram tudo, disse o Almirante. Não sobrou nada do país. Temos um coração, disse Jack o Marujo. Não prestaram atenção. A não ser a mocidade.

Poeta faz parte da tripulação. Rema no porão, limpa o convés, faz plantão. O poema é apenas o mal súbito de onda que mostra o dorso da sereia.

O senhor viu minha caixa de joias? perguntou a Sereia.

Aquela que tem um anel de noivado colocado hoje? Não, disse Jack o Marujo.

Tem vindo pouco por aqui, disse o fiscal. Fui convocado para missão no alto mar, disse Jack o Marujo. Netuno compareceu. Mas me pediu segredo.

A barra está fechada, disse o Imediato. Melhor. Quando todos esperam nosso sono, lutaremos por uma brecha no alto mar, disse Jack o Marujo.

Não há mais porto no mundo, disse Jack o Marujo. Está tudo tomado pelos abutres.

Quem é o senhor, capitão? perguntou a repórter. Sou o mar e o amor é a minha praia, disse Jack o Marujo.

Vá descansar, me obedeça, disse a Sereia. A tripulação cuida do barco. Senão poderás adoecer. Um rei nunca dorme, disse Jack o Marujo.

O rock mudou o comportamento da juventude? perguntou o Grumete. Houve só uma migração de gritinhos, disse Jack o Marujo. O resto ficou igual.

Gostaria de ter nascido na sua época, disse o Grumete. Bom, disse Jack o Marujo. Hoje não serias alvo das mulheres, mas de homenagens.

Sinto saudade do que não vivi, disse o Grumete. Isso é falta do que fazer, disse Jack o Marujo. Ligue na Radio Nacional e varra o convés.

A cerimônia

Eu caso vocês, disse o Almirante. "Obrigado. Netuno não poderá vir. Nem o casamento de um bravo muda a agenda de um deus", disse Jack o Marujo.

Alunos da escola naval perfilharam-se no barco onde acontecia a cerimônia.

Quando um bravo casa, a mocidade celebra em posição de sentido.

A Lua cheia providenciou o vestido da noiva. O capitão compareceu com suas medalhas: conchas e estrelas do mar colhidas nas noites de amor.

As sereias se calaram por um instante. Homenagem àquela que decidiu-se por um único amor. Envio-lhe os meus respeitos, mandou dizer Netuno.

O buquê da Sereia foi jogado ao mar. Antes de bater na água, multiplicou- se por mil e cada pétala caiu como lágrima no coração das mulheres.

Diga sim e cale-se para sempre, disse o papagaio antes de ser colocado na prancha.

Os corsários aproveitaram o casamento para saquear os barcos dos convivas. Mas devolveram tudo aos pés do noivo, que usou apenas seu duro olhar.

Foi tudo tão bonito, disse a Sereia olhando a Lua nova em forma de anel de brilhantes. E você foi um cavalheiro deixando para chorar só agora.

Jack volta casado nos próximos dias. Não esperem que ele tenha mudado. Continuará dizendo na lata, sua especialidade. A que encanta as sereias.

O capitão e a Sereia passam a lua de mel num cruzeiro de luxo. Jack paga a passagem num pocket show de stand up com suas melhores frases.

O Imediato dançou a noite toda com as visitantes: a repórter, a corsária, a fada, a prefeita. Mas acabou caindo do convés num tango.

O Grumete tomou um porre no casamento do capitão. E se postou na prancha para provar que poderia sobreviver. Jack liberou-o por duas semanas.

Queria ser o padrinho, disse o Papagaio. Mas me conformo em ser mestre de cerimônias. Estou encarregado das aias, todas brotos de sereias.

Deixe que eu cuido de tudo, disse o Papagaio. Vá para sua lua de mel. Vou vender essa joça para a sucata.

Jack casou com a Sereia neste feriado, disse a Gazeta Cisne Branco. O mar compareceu.

Jack o Marujo e esposa foram recebidos pelo Imperador em Palácio, disse a Gazeta Cisne Branco. Uma salva de 21 tiros saudou os noivos.

Agora vou dormir, estou de ressaca, disse Jack o Marujo. Não invente de cantar de felicidade. O navio está cheio de gavião louco para se afogar.

"Casa comigo?",
perguntou Jack o Marujo. "Não escutei direito", disse a Sereia. "Você está querendo que eu seja feliz para sempre?"

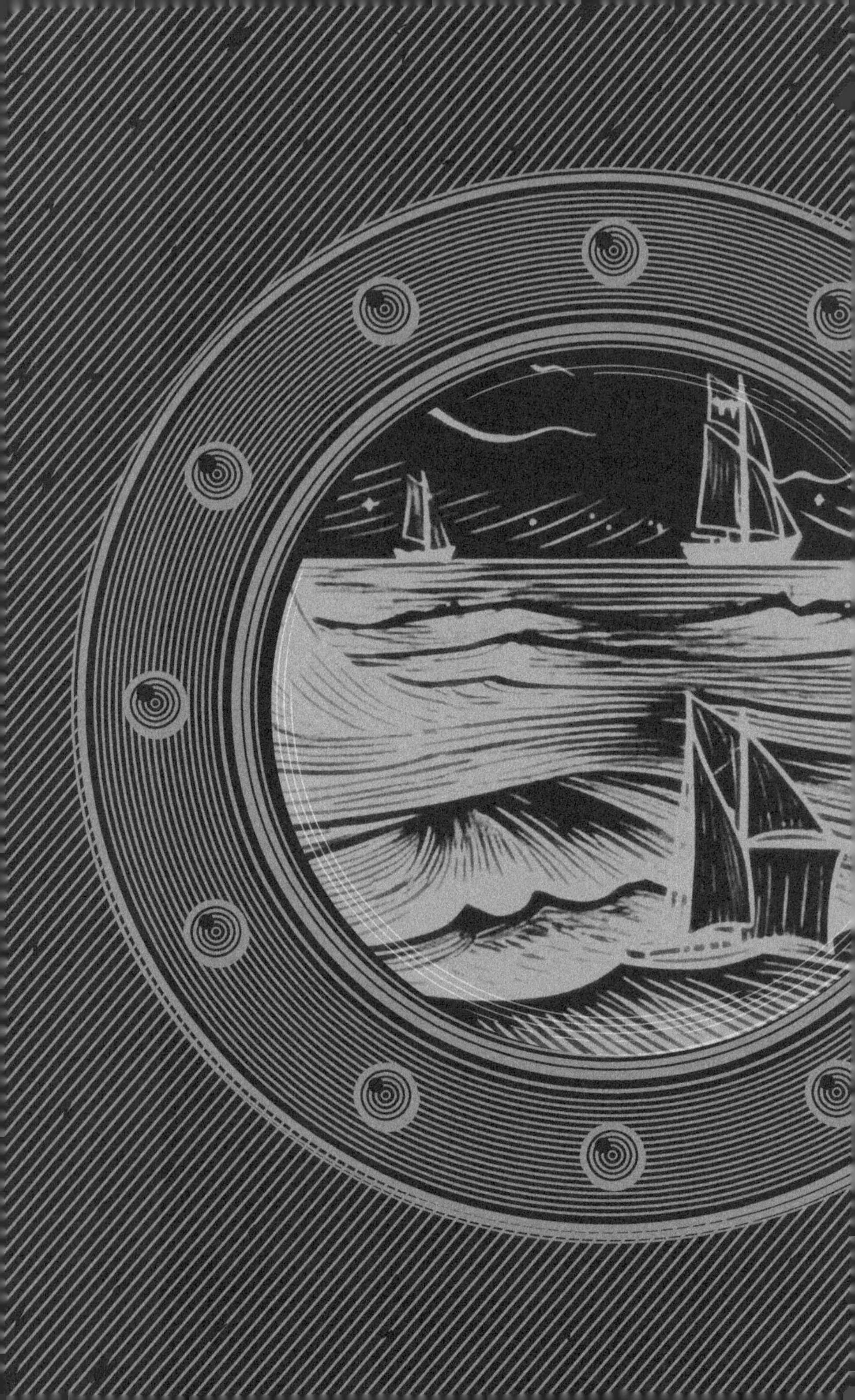

PARTE III

A Batalha da Mancha de Óleo

Um rasgo de 300 metros no fundo do mar na Bacia de Campos verte óleo sem parar há muitos dias. Enquanto a mídia se esmera em divulgar os releases da empresa responsável pelo estrago, Jack o Marujo resolve interromper a lua de mel para lutar contra os responsáveis pelo crime. Nosso capitão acredita que deixar impune um estrago desses é um convite para destruir completamente o litoral brasileiro. A seguir, detalhes sobre a Batalha da Mancha de Óleo e seu desfecho imprevisível, emocionante e dramático.

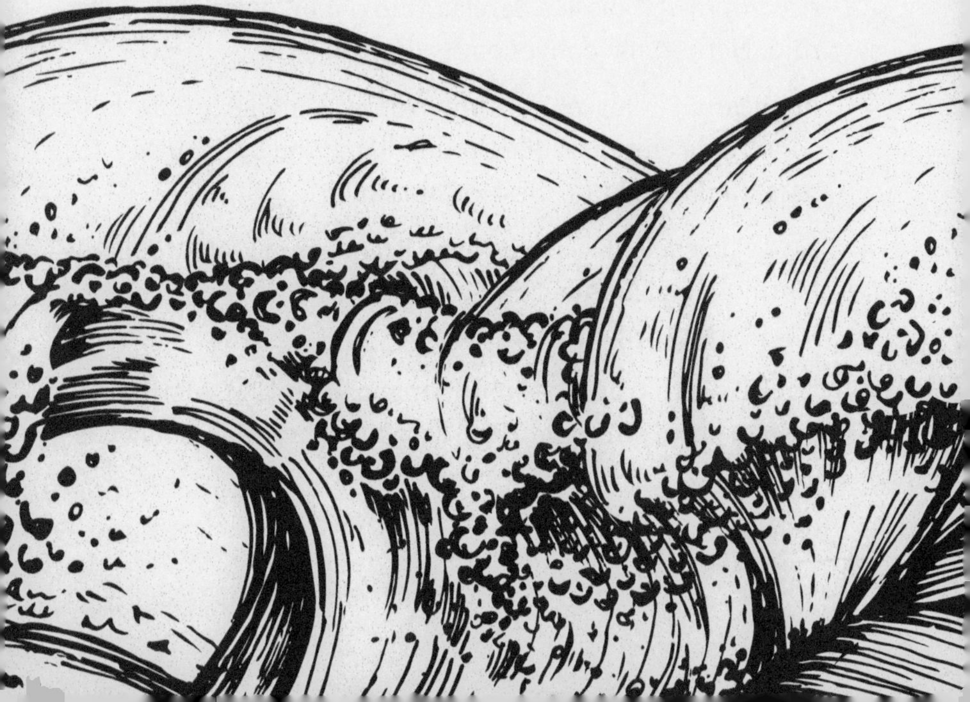

Fim da lua de mel

Em passagem por Paris, o casal Jack Marujo e a Sereia foi passear no Sena junto com artistas e escritores, fãs das frases do capitão.

Gazeta Cisne Branco fará edição especial sobre lua de mel do casal Jack Marujo e Sereia. Distribuição estará a caro de cem mil pombos correio.

Jack o Marujo é poesia com adaga e garrucha.

Você interrompe a lua de mel para brigar contra os furadores do pré-sal! disse a Sereia. Amo o mar, disse Jack o Marujo. Netuno me convocou.

Publicaram releases e sobrevoaram a mancha com helicóptero da empresa, disse o Imediato. Vou bombardeá- los para mudar a pauta, disse o capitão.

No pé da capa da Gazeta Cisne Branco, uma foto de Jack o Marujo e a chamada "Vamos matá-los desta vez!", que se transformou em grito de guerra.

"Jack o Marujo avança sobre a mancha de óleo. Marinha de Guerra entra em prontidão" diz a manchete da Gazeta Cisne Branco.

A Marinha de Guerra precisa intervir, disse Jack o Marujo. Não se trata de erro tecnológico, mas de assalto a mão armada.

Odeio petroleiros, disse Jack o Marujo. São os piores cargueiros do mar, emporcalham tudo por onde passam. E ficam impunes. Vou desativá-los.

Abrir uma fenda de 300 metros no chão do mar para tirar petróleo é cometer harakiri, disse Jack o Marujo. Só que não é suicídio, mas assassinato.

Eles reusaram plataforma desativada e furaram sem critérios o leito do mar só para cumprir contrato, disse o Imediato. Morte! rosnou o capitão.

Não se trata de defender o mar! berrou Jack o Marujo. Mas de defender a própria mãe, que está sob a mira dos assassinos! Dá para entender??

No planeta de onde vieram, os emporcalhadores do mar tomam banho de petróleo e fedem a peixes de metal que devoram entre gargalhadas.

Risco ambiental enorme. Vão forçar o óleo a se depositar no fundo do mar, disse o Imediato. Risco ambiental um bom caralho, disse o capitão.

Vou mandar os corsários colocar a ferros o dono da empresa que emporcalhou o mar, disse Jack o Marujo. E vou pô-lo na prancha.

É um bilhete. Veio na pata de um pombo correio, que morreu ao chegar, disse o Imediato. Ainda estão soltos, rosnou Jack o Marujo.

Já sinto o cheiro do óleo, disse Jack o Marujo. É preciso não ter mãe para fazer um estrago desses. Como se o mar não fosse nosso berço.

Monges se colocam gasolina e ateiam fogo. Querem ser livres, disse o Imediato. Eu também quero. Vou fritar esses pulhas, disse Jack o Marujo.

Vamos matá-los desta vez! gritaram os corsários. Jack o Marujo estendeu a bandeira preta de ossos e caveira. Prometo que sim, grunhiu o capitão.

São flibusteiros, disse Jack o Marujo. Lutei contra eles por séculos. Agora eles tomaram o poder e nos deixaram confinados na poesia.

Vivemos no fundo do mar, disse a Sereia. Tirar petróleo de lá é vampirizar o sangue da Terra. O que eles tem contra o vento?

Fizeram um rasgo de 300 m que verte 3.700 barris/dia, disse o Imediato. Combustível suficiente para levá-los ao inferno, disse Jack o Marujo.

Jamais vão desistir de assassinar o mar, disse Jack o Marujo. Vou jogá- los na mancha e tocar fogo. Vou matá-los desta vez.

Guerra à vista

Há sereias agonizando, Netuno me avisou, disse Jack o Marujo para a esposa. Você assume de enfermeira. Quero lutar, disse a Sereia.

Pombos correios morrem quando sobrevoam a mancha de óleo, avisou o Imediato. Malditos canalhas, matam até meus pombos, grunhiu Jack o Marujo.

O que você vai fazer quando chegar na mancha de óleo? perguntou a Sereia. Ainda não sei. Minha raiva vai me orientar, disse Jack o Marujo.

Vou colocá-los no porão e soltá-los na mancha de óleo. Depois, toco fogo, disse Jack o Marujo.

Vou convocar os marinheiros, disse o capitão. Todo barco será bem-vindo. Vamos desativar as plataformas da empresa. Quem impedir leva chumbo.

Mas o senhor não tem homens nem cacife, disse o Imediato. Basta um punhado de bravos. E minha vontade, disse Jack o Marujo. Vou matá-los desta vez.

Sujeitos endinheirados emporcalham o mar, compram a nação e calam a imprensa. Não existem mais homens no país? perguntou Jack o Marujo.

Dez mil voluntários com barcos acudiram ao chamado, disse o Imediato. Por pombos correio? perguntou o capitão. Não, internet, disse o oficial.

Dez mil patriotas! Temos então uma esquadra, disse Jack o Marujo. Quem precisa de um porta aviões?

"E existe um povo que a bandeira empresta para cobrir tanta infâmia e covardia!" gritou Jack o Marujo. Quero Castro Alves a bordo!

Uma criatura coberta de óleo pousa na amurada do barco. É você, meu albatroz, águia do oceano? disse Jack o Marujo."Varrei os mares, tufão!" Valei-nos poeta da Bahia!

Matá-los não vai adiantar, nem queimar a mancha de óleo, que continua a verter. Isto não é uma guerra comum, disse a Sereia.

Você precisa lutar pela verdade, sim, mas a briga é outra. Se queimares a mancha todos os peixes morrerão, disse a Sereia, baixando a cabeça.

O que devo fazer? Ceder? grunhiu Jack o Marujo. Não, meu amor, disse a Sereia. Precisamos expulsá-los do país e mudar o governo.

A empresa responsável pelo vazamento é uma das velhas companhias de petróleo, disse o Imediato. As sete irmãs! grunhou Jack o Marujo. Deveria tê-las matado da primeira vez.

Serra e fogo na mata, petroquímica e usina nuclear no litoral, óleo no mar, desvio do São Francisco: somos governados por demônios, disse Jack o Marujo.

Vamos ver se eu entendi. Eles sujam nosso mar de óleo e os jornalistas estão cagando miudinho? perguntou o capitão. Por que não usam saiotes?

Veleiro ecológico está sendo contatado, disse o Imediato. Veleiro que usa mil litros de combustível não é confiável, disse Jack o Marujo.

Vamos matá-los desta vez!

Estamos perto da mancha de óleo, disse o Imediato. Quais suas ordens, capitão? Eles devem estar por perto, disse Jack o Marujo. Vamos matá-los.

Vou saltar na água, disse a Sereia. Convoquei companheiras. Vou tomar pé da situação e te falo. Devias ter ficado em Paris, disse o capitão.

Onde estão os voluntários? perguntou Jack o Marujo. Dispersos em mil km de costa, disse o Imediato. Não temos poder de abordagem suficiente.

Ou vencemos esta guerra hoje ou vão rasgar o chão do nosso litoral como se fôssemos o Frankestein na mesa de operações, disse Jack o Marujo.

Não podemos atacar os barcos que estão fazendo a limpeza da mancha, disse o Imediato. Limpeza o cacete, disse Jack o Marujo.

Não somos uma ONG para ficar fazendo piruetas diante do inimigo. Ou encaramos essa guerra de frente ou morreremos, disse Jack o Marujo.

As sereias foram envolvidas pela mancha de óleo. Estão morrendo, disse o Imediato. Não! sussurrou Jack o Marujo em pânico. Ainda temos Paris...

Canto em código morse da Sereia indica o lugar exato onde estão os donos da empresa. Naquele navio! disse o Imediato. Atacar! gritou o capitão.

O Imperador nada pode fazer, disse o Imediato. Falou que não temos Marinha suficiente. O pior é fazer parte da marinha deles, disse Jack o Marujo.

Barcos voluntários foram imobilizados pela Marinha de Guerra, capitão. Estamos sós diante da nau capitânia do inimigo. Não importa, disse Jack.

Vou aceitar a proposta de armistício, disse o Imediato. Não podemos enfrentar a frota. Pode ir, oficial, disse Jack. Tenho contas a acertar.

Sereia, onde estás? murmurou Jack o Marujo. Não posso atacar sem saber tua posição exata nesta batalha.

Só restaram nós quatro, disse o corsário. Três piratas e uma mulher. Mulher? disse Jack. A Sereia deve ter facilitado a entrada.

Recado da Sereia, disse a mulher. Ela juntou as sobreviventes e vão começar a cantar para atrair inimigo para dentro da água. Pode atacar!

Jack o Marujo segurou a bandeira, puxou a garrucha e deu ordem para ir em frente, direto para a nau capitânia dos responsáveis pela mancha.

Era apenas um barco rodeado de destroyers. Movido a vento, com cinco pessoas a bordo. Apoio logístico do canto das sereias, banhadas de óleo. O que acontecerá nessa batalha, Deus!?

Jack mirou a garrucha na bandeira do inimigo enquanto o barco se aproximava perigosamente da nau capitânia. Eles vão revidar! gritaram todos.

O barco de Jack sumia diante do navio mais imponente da frota inimiga. Sua bala atingiu a amurada obrigando franco atiradores a recuar.

Helicópteros de vários canais internacionais sobrevoam a batalha, que está sendo transmitida ao vivo. Milhões suspendem a respiração.

Franco atirados se postam de novo na amurada e dão uma carga, que atinge a tripulação do pequeno barco. Jack é ferido no ombro. Mira de novo.

Sangue de Jack espirra na água e assusta a Sereia, que pula para dentro do barco. Está preta de óleo. Na altura do peito abre-se então a rosa.

A rosa que se abre no peito da Sereia tomou emprestado o sangue de Jack. Tiro que atingiu o capitão foi seguido de outro, endereçado a ela.

Antes de ver o que estava acontecendo, Jack dispara novamente e atinge o capitão da nau inimiga. Há um hurra! em todo o país continente.

Jack se debruça sobre o corpo ferido da Sereia, que brilha com suas escamas tomadas pelo petróleo. Branco batom nos lábios em coma. Ela agoniza.

Diante da cena, os barcos voluntários rompem o cerco e se dirigem para o miolo do teatro de operações. Almirante inimigo ferido recebe ordens.

Decrete a vitória e se arranque daí, diz o presidente americano para o almirante ferido. Querem agora um herói? Burros!

Lentamente, o gigantesco navio se move em direção ao alto mar, enquanto o barco de Jack mantém-se firme com sua tripulação ferida.

Todos os barcos voluntários então abrem fogo contra o inimigo, com balas ricocheteando na armadura e fazendo cócegas no casco.

Foi assim que Jack o Marujo, com um punhado de bravos, fez a guerra e expulsou os responsáveis pela mancha de óleo na Bacia de Campos.

A morte da sereia

Com todas as bandeiras hasteadas, a frota de voluntários cercou o barco de Jack, onde agonizava a Sereia, banhada pelo sangue do capitão.

Tínhamos Paris, murmurava Jack chorando pela primeira vez na vida. Você quis lutar, sua louca. Te amo, disse ela. E olhando para o nada, foi-se.

A volta da sereia

Te outorguei eternidade, que não tinhas
morrendo em teu lugar para que vivas
depois voltei, por ser firme há tempos
como flor do abismo frente à maresia

Sou Sereia, que o alto mar esconde
canto para que a viagem se transforme
em vez de navegar, amor, se afogue
usufrua desse dom de eu ser só tua

Te afastas do ninho quando a dor é fuga
mas voltas para mim, albatroz arisco
tua terra à vista é o meu colar, marujo

Nele te enroscas, como doce criatura
quem te inventou, na forja das espumas
sabia que eras meu, deus nos acuda

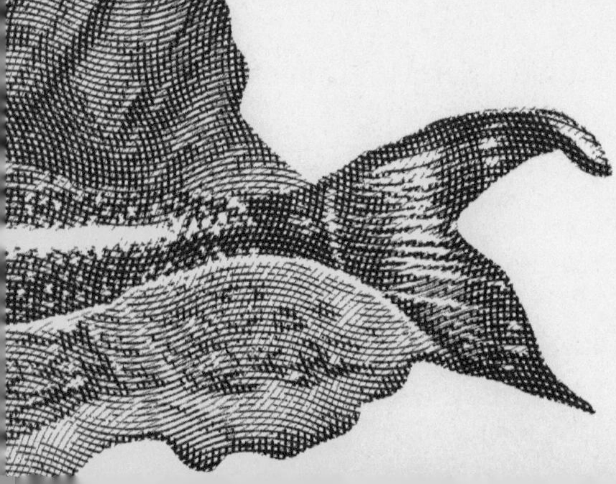

O imortal jack o marujo

O óleo continua vazando? perguntou Jack o Marujo. Sim, disse a Sereia. Pensei que tivesse morrido. Sou eterna, como o amor, disse ela.

Ainda temos Paris, disse Jack o Marujo. Paris pode esperar, disse a Sereia. Sereia visita Jack o Marujo no hospital, diz a Gazeta Cisne Branco. E acena da sacada para a multidão, para provar que está viva.

Sereia, é você? disse Jack o Marujo. Ou é apena a febre nessa Lua cheia? Descanse, amor, disse a Sereia. És agora imortal.

Morri no lugar de Jack por um instante, para que ele sobrevivesse, disse a Sereia. Assim lhe emprestei a eternidade, que não me pertence.

Sendo eterna, não poderia estar casada com um mortal, disse a Sereia. Jack precisava ser da mesma natureza, para cumprir sua missão.

Jack agora é como eu, disse a Sereia. Virou eterno, graças às obras do amor.

Lilith, atiradora de elite

O senhor fez mal, disse o Almirante. Não podíamos permitir uma esquadra paralela. Não importa, disse Jack o Marujo. Eles venceram. O custo foi alto.

Não venceram, disse o Almirante. Ficam no pré-sal fazendo estrago, mas o senhor os feriu de morte. Quase perco a Sereia, disse Jack o Marujo.

Seu barco está em nossos estaleiros, disse o Almirante. Ficará novo e será devolvido. Não me ponham motor nele, disse Jack o Marujo. Só velas.

O presidente americano me telefonou, disse o Imperador. Estava preocupado com seus ferimentos. Quem está ferido é o mar, disse Jack o Marujo.

Quem era a mulher que estava no barco? perguntou Jack o Marujo. Lilith, atiradora de elite, disse a Sereia. Acerta o olho da serpente a 10 km.

Coloquei Lilith na sua segurança desde o início da viagem, disse a Sereia. Foi ela que acertou o Almirante inimigo. Tua garrucha levantou água.

Lilith agora cuida dos aprontamentos do barco, disse a Sereia. Ela será o novo Imediato. Peça seus conselhos e dê trabalho.

Mulher não manda em navio, disse Jack o Marujo. Agora manda, disse a Sereia. E vê se te segura que ela pertence ao Vento, dono das tuas velas.

Lilith condecorou os três corsários resistentes e os ungiu oficiais, disse a Sereia. Essa é tua Marinha de guerra. Faça por merecer.

Volto amanhã, meu amor, disse a Sereia. Preciso avisar que estás bem, para evitar nova guerra. A multidão está na porta do hospital, armada.

Jack o Marujo, um homem honrado

Qual será seu epitáfio? perguntou a biógrafa. Era um homem honrado, disse Jack o Marujo.

Não estás mais conosco, disse a viajante. O mar é imenso, disse Jack o Marujo.

Qual a mensagem que deixa para quem te admira? perguntou a amiga. Sou amor e tudo gira em torno disso, disse Jack o Marujo.

Adeus, disse o garoto. O senhor me traga uma estrela do mar. Vou colher a mais bela, disse Jack o Marujo. E enviarei pelas mãos da Sereia.

O senhor não ditará mais suas aventuras? perguntei. Já tens o suficiente, disse Jack o Marujo. O resto vou soprar no ouvido do Criador, a quem tudo pertence.

O senhor então vai partir, disse o Almirante. Cumpri o dever, meu mestre, disse Jack o Marujo. Agora faço parte do mar.

Quando o sol beijar o horizonte, serei eu selando teus lábios, disse Jack o Marujo. Troco tudo por um lugar no teu barco, disse a viajante.

Ele precisa sumir, disse a Sereia. Não há mais lugar para um bravo em terra firme. O capitão será nossa bandeira, disse o novo grumete.

Hora de partir! gritou o corsário. Desçam todos e me deixem com a Sereia, disse Jack o Marujo. Esta viagem não comporta coadjuvantes.

Todos ficaram tristes, disse a Sereia apontando o grupo solitário no cais. Vão superar, disse Jack o Marujo. Agora eles abraçaram a bravura.

O nome do novo grumete era Santiago. Muitos anos depois perguntavam: O capitão existiu? E onde está agora? Onde houver mar, dizia Santiago.

PARTE IV

Aventuras infinitas

Respostas na ponta da faca

Numa época de muitas perguntas, o capitão Jack o Marujo tem o que dizer. A seguir, suas máximas, mais recentes e algumas já clássicas.

—*O senhor acredita na teoria da evolução?*
—Claro que sim, disse Jack o Marujo. Já conseguimos chegar ao nível dos macacos.

—*A geração que testemunhar o Apocalipse sofrerá menos do que as gerações anteriores? O que acha, meu capitão?*
—A última geração saberá a data certa e poderá vender ingressos, disse Jack o Marujo.

—*Por que as pessoas levantam o copo antes de beber, capitão?*
—Para ninguém alcançar a dose que elas vão tomar, disse Jack o Marujo.

—*Vou abandonar este navio a vela. Vou ser influenciador digital, disse o Grumete.*
—Quando acabar a luz, lembre do vento, disse Jack o Marujo.

—*Se o senhor concorda que a terra é plana, capitão, por que os outros planetas são esferas?*

—A terra é como piso de boliche, disse Jack o Marujo.

—*Por que as pessoas estão se destruindo, capitão?*

—Se você deixar de apontar essa garrucha para mim eu respondo, disse Jack o Marujo.

—*Parei com a poesia, disse o Grumete.*

—Fez muito bem, disse Jack o Marujo. Agora só dê entrevistas.

—*Quanto mais idade melhor, capitão. Sou como o vinho.*

—Sim, pode ser substituído por novas garrafas, disse Jack o Marujo.

—*Seu cargo tem liturgia, capitão?*

—Só quando ponho curioso na prancha, disse Jack o Marujo. Aí mando tocar a corneta.

—*O senhor se considera um homem de verdade, capitão?*

—Alguém tem que fazer o serviço, disse Jack o Marujo.

—*Homens que matam mulheres não são homens, capitão.*

—Pior que são. Matam por serem assassinos, não por serem homens, disse Jack o Marujo.

—*Gosto das mulheres, disse o Grumete.*

—Então te acordaste. Descobriste que não és um cogumelo que brotou depois da chuva, disse Jack o Marujo.

—*Não sei mais o que dizer. Esgotei meu acervo de homenagens à mulher.*

—Melhor assim. Deixas de ser aborrecido, disse Jack o Marujo.

—*O senhor deve ter feito muita coisa na vida, capitão. Como é seu currículo?*
—Assustador, disse Jack o Marujo.

—*Tanta crueldade, capitão. Deus é omisso?*
—Deus não interfere, mas toma notas, disse Jack o Marujo.

—*Então vou dar também a minha opinião.*
—Abstenha-se. Não há mais vagas, disse Jack o Marujo.

—*Comprei caderno e caneta, micro e teclado, mas não sei o que escrever, disse o garoto.*
—Tente calar-se que a palavra virá, disse Jack o Marujo

—*O que o senhor acha da Internet, capitão?*
—A ideia é boa, mas deu merda, disse Jack o Marujo.

—*O senhor é muito radical, disse a passageira.*
—Quem negocia com o vento não acredita em acordo, disse Jack o Marujo.

—*O que move um navio fantasma, capitão?*
—O medo, disse Jack o Marujo.

—*Estou exausto, capitão.*
—Preserve-se. Ser idiota consome muita energia, disse Jack o Marujo.

—*A terra é plana, capitão?*
—Claro, disse Jack o Marujo. Se fosse esférica eu não precisaria de vento. Bastava escorregar.

—- *O senhor fala sozinho, capitão?*
—Sim, mas raramente me escuto, disse Jack o Marujo.

Última viagem

—*O amor existe, capitão?*
—Existe. Mas ninguém acredita, disse Jack o Marujo.

—*O senhor tem uma religião? perguntou o Grumete.*
—Tenho, disse Jack o Marujo. Só não pratico porque não sei qual é.

—*O senhor volta para o alto mar? perguntou o Almirante.*
—Só no horizonte faço sentido, disse Jack o Marujo

—*Gosto quando fica assim, rude, disse a turista.*
—Eu também, disse Jack o Marujo. Economizo boas maneiras para depois da guerra.

—*Quer que eu desenhe, capitão?*
—Quero. E marque com um xis na hora de assinar, disse Jack o Marujo.

—*O que fazer nos dias tristes, capitão?*
—Espere passar. Não cabe a nós decidir quando o mundo acaba, disse Jack o Marujo.

Alto mar

—*O que é o mar? perguntou o grumete.*
—É o dorso da terra, que o tempo cavalga em selas de sal, disse Jack o Marujo.

—*O Sr. não tem medo de navegar sem escolta pelo vasto mar oceano? perguntou o Grumete.*
—Só a terra firme me assusta, disse Jack o Marujo. Meus pés tem pânico de criar raízes.

—*Foste feliz na mocidade? perguntou a passageira.*
—Não tive tempo, disse Jack o Marujo. Estava ocupado em me manter vivo.

—*Como será sua última viagem, capitão?*
—Igual às outras. Vou partir achando que vou voltar, disse Jack o Marujo.

—*O Sr. jamais vai ao médico? perguntou o repórter.*
—Não tenho cura, disse Jack o Marujo. Meu diagnóstico pertence a Netuno.

O mar não precisa de terra

O cais, a praia, as pessoas: assuntos para respostas no bate-pronto

—*Navegando por tanto tempo em tanto mar, aportando no mais remoto cais, convivendo com tanta espécie de gente na guerra e na paz, o que pode dizer o senhor sobre a mulher?*
—A mulher é um milagre, disse Jack o Marujo

—*O mar está invadindo as praias, disse o Imediato. Quer de volta o que lhe roubaram.*
—O mar não precisa de terra, disse Jack o Marujo. Apenas gosta de acompanhar o vento, seu parceiro de aventuras.

—*O senhor costuma se olhar no espelho? perguntou a psicóloga.*
—Não tenho essa intimidade comigo mesmo, disse Jack o Marujo

—*Tem certeza que me ama? disse a Sereia.*
—Certeza não tenho, disse Jack o Marujo. Só uma espécie de tempestade que não passa nunca

—*Sempre achei que homem não ama, disse a Sereia.*
—E é verdade, disse Jack o Marujo. Eu apenas me perdi no teu olhar.

—*Isso não existe. Nunca ouvi falar.*

—Se dependesse da tua ignorância, a realidade não existiria, disse Jack o Marujo.

—*De onde o senhor tira sua sabedoria, capitão?*

—Aprendo o que a vida deixa de ensinar, disse Jack o Marujo.

Nem me fale, mar. Nem te conto, meu pai Netuno.
Os tridentes vão parar de tirar pedaço do meu coração.
Há um marulhar de doçura que vem do fundo.

—*É difícil a relação com a sereia?*

—É tranquila. O que complica é na hora de tirar as escamas, disse Jack o Marujo.

Deu meia noite, capitão, disse a sereia.
Hora de zarpar, disse Jack o Marujo.
Vou contratar o vento.

—*Achei que aquele enxame de abelhas iria pousar no barco, disse a Sereia, abraçando o capitão.*

—Já temos mel suficiente, disse Jack o Marujo.

—*Suas frases são ótimas mas o senhor é um grosso.*

—Em compensação você é o fino mas só fala asneira, disse Jack o Marujo.

—*Vou denunciar meu pai. Ele vai votar no inimigo.*

—Melhor garantir a mesada antes, disse Jack o Marujo.

—*O senhor me surpreende. Achei que conhecia o senhor, capitão.*

—Eu também, disse Jack o Marujo.

—*Que tipo de comida o senhor gosta, capitão?*

—Uma que eu identifique, disse Jack o Marujo.

—*Perdi o que ia dizer, capitão.*

—Quando achar, guarde, disse Jack o Marujo.

—*Está chovendo demais, não gosto disso, disse o Grumete.*

—Água é o nosso elemento, disse Jack o Marujo. Companheira dos raios e dos ventos.

—*E o senhor quando se aposenta? perguntou o veterano.*

—Quando a paz for capaz de emitir uma ordem, disse Jack o Marujo

—*Cansei de lutar, disse o veterano. Agora vou doar minha espada ao museu.*

—Quando um bravo se retira, a mocidade fica de pé, disse Jack o Marujo

—*Que esperança o Sr. guarda? perguntou a poeta.*

—A mais difícil de realizar, disse Jack o Marujo. As outras eu solto no campo para salvar o dia

—*Para onde vai a memória dos náufragos, capitão?*

—Viram pássaros, disse Jack o Marujo. E piam em pânico nas ilhas em busca de socorro.

—*É isso o que eu acho, capitão. Qual é a sua dúvida?*

—Quero saber se sua ignorância é espontânea ou premeditada, disse Jack o Marujo.

—*Pessoas tão distintas acabam fazendo tudo errado, capitão.*
—O que vale não são as intenções, mas os resultados, disse Jack o Marujo.

—*Sou uma pessoa do bem, capitão, sou crente.*
—Crente que abafa, disse Jack o Marujo.

O moço marinheiro lançou um livro
e começou a fazer sucesso, atrapalhando
os procedimentos do navio,
que levava turistas.

—*É bom ser poeta, disse o Grumete.*
—O problema é cantar a mulher e ela achar que é poesia, disse Jack o Marujo.

—*Posso fazer uma pergunta, capitão?*
—Toda pergunta que finge inocência é seguida por uma pergunta desonesta, disse Jack o Marujo.

—*Por que a Terra é redonda, capitão? perguntou o garoto.*
—Para que a viagem recomece quando chega ao fim, disse Jack o Marujo.

Jack está de mau humor

O capitão Jack o Marujo afia suas respostas, com seu estilo cada vez mais necessário nesta época em que todos acham que podem dizer o que bem entendem.

—*Estamos sozinhos no universo, capitão?*
—Não. Vivemos cercados de idiotas, disse Jack o Marujo.

—*Não resisto à tentação de ser desagradável, capitão. Isso tem cura?*
—Tem, disse Jack o Marujo. Vou te pôr como isca de tubarão.

—*Sabe o que eu acho, capitão?*
—Não, mas quando perder, me avise, disse Jack o Marujo.

—*Mas que mau humor! O que houve, capitão?*
—Se disser sextou leva cascudo, disse Jack o Marujo.

—*O senhor está muito bravo. Precisa de férias, capitão.*
—Concordo, disse Jack o Marujo. É a única maneira de me fingir de morto.

—*Já conseguiu mudar de vida, capitão?*
—Muito, mas foi inútil. A morte permaneceu a mesma, disse Jack o Marujo.

—*Não sei se o senhor me entende, capitão.*
—Sabe sim. Eu não te entendo, disse Jack o Marujo.

—*Não sei o senhor, mas eu sou o máximo, capitão.*
—No topo a queda é maior, disse Jack o Marujo.

—*Se eu sou o outro, quem sou eu, capitão?*
—O mesmo de sempre, disse Jack o Marujo.

—*Que importância temos nós, capitão?*
—Nenhuma, disse Jack o Marujo. Noto isso quando me fazem esse tipo de pergunta.

—*Vi os pracinhas da II Guerra no desfile. Achei patético, disse o Grumete.*
—Não importa. Deus fica em posição de sentido, disse Jack o Marujo.

—*O que fazemos com os veteranos que nos visitam? perguntou o Grumete.*
—Fique de pé, disse Jack o Marujo.

—*Querem homenageá-lo, disse o Almirante.*
—Não há motivos, disse Jack o Marujo. Vivo fora da data de validade, só isso.

—*Por que Deus inventou a morte, capitão?*
—Não tinha outra solução depois de ter inventado a vida, disse Jack o Marujo.

—*Eu estava brincando, disse o plagiador ao ser flagrado.*
—Não, disse Jack o Marujo. Você estava mentindo.

—*Vai viajar de novo? Na sua idade deveria se aposentar.*
—Um capitão nada deve ao tempo, disse Jack o Marujo. O mar não é refém da terra.

—*O senhor acredita no fim do mundo, capitão?*
—Sim, disse Jack o Marujo. Há trombetas no mar.

—*Tenho uma lista de assuntos para o senhor abordar, capitão.*
—Jogue no mar, disse Jack o Marujo. Os peixes farão bom proveito.

—*O senhor me decepciona, capitão.*
—Isso é bom. Imagina se eu continuasse te iludindo, disse Jack o Marujo.

—*Como é ter 70 anos, capitão?*
—É sempre a mesma coisa, disse Jack o Marujo.

—*Há limite para o conhecimento, capitão? A sabedoria tem um teto?*
—Tem. Basta falar o que dá na telha, disse Jack o Marujo.

—*Respeito muito sua opinião, capitão.*
—Então concorde, disse Jack o Marujo.

—*Seu navio já pegou fogo, capitão?*
—Só na guerra, disse Jack o Marujo.

—*O que está acontecendo? perguntou, bocejando, o Grumete.*
—Nada, disse Jack o Marujo. Navegamos girando no espaço ao redor de uma bola de fogo

—*É inútil sonhar, disse a viajante. Em todo lugar há sofrimento.*
—Tenta acordar, disse Jack o Marujo. O sonho some e te deixa apenas com a coragem

—-*Esta terra tem dono!*
—E um monte de escravos, disse Jack o Marujo

—*A Lua realmente puxa a maré? perguntou a criança.*
—Puxa, disse Jack o Marujo. Depois solta, para ela voltar

—*O senhor tem um nome a zelar, capitão.*
—Meu nome não é condomínio, disse Jack o Marujo.

—*Briguei com as vírgulas. Quem quiser que entenda, disse o estudante.*
—Não devias ter chegado a esse ponto, disse Jack o Marujo.

—*E o amor, capitão?*
—Dei um tempo, disse Jack o Marujo. Faltou quórum.

Ele sempre volta

—*Melhor não exagerar, disse a Sereia. Pode dar na vista.*
—O amor anuncia, mesmo que se esconda, disse Jack o Marujo.

—*Num naufrágio há espaço para as canções do mar, capitão?*
—O melhor hino é quando os marinheiros sabem que chegou a hora, disse Jack o Marujo

—*Quem navega o mar?*
—O som da palavra, que o vento sopra em direção às ilhas desertas, disse Jack o Marujo.

—*Que aconteceu com as grandes personalidades, não existem mais?*
—Existem, disse Jack o Marujo. Os historiadores é que mudaram de assunto

—*O senhor acredita em amor à primeira vista, capitão?*
—O amor é cego, disse Jack o Marujo. Quando tem um lampejo de visão se apaixona.

—*Quem luta, ama, capitão? perguntou a repórter.*
—Guardamos o amor para quando voltarmos da guerra, disse Jack o Marujo. Mas às vezes uma beldade estrangeira rompe o acordo.

—*Este navio não tem biblioteca? perguntou a estudante.*
—Leio o mar, que não publica, e nenhuma literatura decifra, disse Jack o Marujo.

—*Quantos de você existem? E qual deles é você? disse a Sereia.*
—Sou o pior de um batalhão de carabineiros, disse Jack o Marujo

—*Por que você não canta mais para atrair os marinheiros? disse Jack o Marujo.*
—Porque um deles não se afogou, disse a Sereia.

Jack bate firme e de frente

Qual é o lado do capitão? O da frase solta e livre. É o que Jack o Marujo mostra nesta nova seleta de suas tiradas antológicas, ao responder de maneira direta todas as perguntas.

—*O Sr. tem médico a bordo? perguntou o fiscal.*
—Tenho, disse Jack o Marujo. Mas ele bebe.

—*Deixei o governo, agora vou ser um sujeito ético, disse o oportunista.*
—Impossível, disse Jack o Marujo. Você não cabe mais no personagem

—*Do que o senhor tem medo, capitão?*
—Das palavras de tocaia dos silenciosos, disse Jack o Marujo.

—*Suas frases são precisas, capitão. Gostaria que o senhor desse uma palestra sobre seus truques.*
—Não sou truculento, disse Jack o Marujo. A não ser com vigaristas. Quer uma demonstração?

—*O senhor vai votar, capitão?*
—Vou voltar sim. Depois das eleições, disse Jack o Marujo.

—*Mas muito me admira o senhor...*

—Pode parar. Nada que venha depois disto presta, disse Jack o Marujo.

—*Certo, o senhor já me explicou pela terceira vez, mas continuo sem entender.*

—É que te apaixonaste pela tua dúvida, disse Jack o Marujo.

—*O senhor fala sozinho?*

—Só quando alguém conversa comigo, disse Jack o Marujo.

—*O que o senhor acha disso tudo, capitão?*

—Procuro não achar, disse Jack o Marujo.

—*Tenho dito! anunciou o sabido.*

—Não estou interessado, disse Jack o Marujo.

—*Não sei o que dizer, capitão.*

—Seja sincera, não fale nada, disse Jack o Marujo.

—*O senhor procura o caminho da felicidade? perguntou a sonhadora.*

—Não, disse Jack o Marujo, há muito engarrafamento

—*O senhor me leva para o outro lado do mar? perguntou a viajante.*

—Não precisa, disse Jack o Marujo. O outro lado do mar é este

—*O senhor costuma sustentar seus pontos de vista? perguntou a pesquisadora.*

—Nunca, disse Jack o Marujo. Eles que aprendam a se virar sozinhos

—*O senhor vai navegar nesta época terrível do ano, capitão?*
—O mar é sempre agosto. Quem quiser a primavera que fique em terra, disse Jack o Marujo.

—*Quer saber? perguntou o invasivo.*
—Já quis muito, disse Jack o Marujo. Agora só me interessa quando vão fechar a boca.

—*Qual a frase que o senhor sente mais orgulho em ouvir?*
—Jogaste pesado, capitão, disse Jack o Marujo

—*O mundo acabou, capitão.*
—Estava previsto. Mas tem sessão dupla, disse Jack o Marujo.

—*O que o senhor faz na madrugada? perguntou o guarda-noturno.*
—Velo pelo mar, disse Jack o Marujo. Alguém precisa ficar acordado quando Netuno dorme.

—*Eu mereço, capitão.*
—Merece nada. A vida é uma dívida que só é paga quando a devolvemos, disse Jack o Marujo.

—*Perguntar não ofende, capitão.*
—Mas responder, sim, disse Jack o Marujo.

—*No que o senhor está pensando, capitão?*
—Num curso que ensine as pessoas a fazer perguntas, disse Jack o Marujo.

—*Teremos eleições, capitão?*
—O que não falta é candidato que não faz falta, disse Jack o Marujo.

Romântico à revelia

—*O que tens com a Lua se ela é tão inconstante? perguntou a Sereia.*

—Quem navega em alto mar precisa dela para marcar a rota que perdi contigo, disse Jack o Marujo.

—*Ninguém sabe que és romântico, disse a Sereia.*

—Não sou, disse Jack o Marujo. O amor me captura sem meu consentimento.

—*Fale uma coisa bonita, disse a Sereia.*

—Achaste o amor que eu tinha perdido e só me devolves se te peço abrigo, disse Jack o Marujo.

—*Sou muito exagerada, disse a visitante. Não gosto disso.*

—Não feches o que tens de mar, disse Jack o Marujo.

—*Uma infinidade de peixes nos seguem por toda a parte, disse a Sereia.*

—São os sentimentos, molhados de espanto, fiéis em qualquer rota, disse Jack o Marujo.

Para os moços

—*Qual é o limite do mar? perguntou o garoto. A África, ou o horizonte?*

—O nosso olhar, disse Jack o Marujo.

—*Capitão, o que é o mar? perguntou o garoto.*

—É o que temos, disse Jack o Marujo.

—O *que o senhor achou dos meus versos, capitão? disse o Grumete.*

—Você é ruim mas é autêntico, disse Jack o Marujo. Não copia. Pode um dia surpreender.

—O *que devo fazer?*

—*Não entendo de nenhuma arte. Mas acho que devias escutar o mar. Não o que ele diz, mas o que ele toca.*

O terraplanista do mar

Para o capitão Jack o Marujo a teoria da terra plana é uma boa oportunidade para continuar chutando o balde das perguntas.

—*O senhor está então convencido que a terra é plana, capitão?*

—Para os europeus sempre foi, disse Jack o Marujo. Até que descobriram o outro lado do mar. Se jogaram no abismo e viram que dava pé.

—*Onde está o senhor, capitão?*

—Estou calado, portanto invisível, disse Jack o Marujo.

—*Qual seu patrimônio, capitão?*

—O respeito dos camaradas e o temor que me dedica a bandalha, disse Jack o Marujo.

—*Como a Terra poderia ser plana se aparece nas fotos como um globo?*

—Ela se encolhe, como o tatu bola, disse Jack o Marujo.

—*O senhor jogou sua biografia no lixo ao abraçar a teoria da terra plana, capitão.*

—A teoria é uma bobagem. Serve apenas para peitar a soberba heliocentrista. Balançar o paradigma abre portas, disse Jack o Marujo.

—*Se continuar criticando a esquerda será acusado de fascista, capitão.*

—Sou também acusado de comunista quando critico a direita. É o divertimento deles. Somos o play-ground dessa canalha, disse Jack o Marujo.

—*Ficar em cima do muro é também ter lado, não dá para escapar, disse o ideólogo.*

—Tenho o mar, que não compactua, disse Jack o Marujo.

—*Sempre achei que homem não ama, disse a Sereia.*

—E é verdade, disse Jack o Marujo. Eu apenas me perdi no teu olhar.

—*O senhor se repete muito, capitão.*

—O mar é sempre o mesmo, disse Jack o Marujo. As palavras que valem permanecem. E os novos precisam escutar pela primeira vez o que os veteranos já sabem.

—*Quando o seu navio se afasta, some primeiro o casco, depois as velas e finalmente a gávea. Isso prova a curvatura da terra, capitão.*

—Pode ser. Mas o horizonte permanece em linha reta, disse Jack o Marujo.

—*Não sou melhor do que ninguém, capitão.*

—Não há controvérsias, disse Jack o Marujo

—Se a gravidade não existe, como sustentam os terraplanistas, o que provoca o peso nas pessoas, capitão?

—Churrasco, massa e cerveja, disse Jack o Marujo.

—Existe globalização na teoria da terra plana, capitão?

—Sim. Chama-se terraplanagem, disse Jack o Marujo.

—A Terra se move, o homem é uma evolução das bactérias, as placas tectônicas boiam no magma, o universo surgiu do big bang e está em expansão, e a gravidade é resultado da curvatura do espaço, capitão.

—Estava discutindo isso ontem com o Papai Noel, disse Jack o Marujo.

—O senhor nunca circunavegou o globo, capitão?

—Só fiz viagens de bate e volta, igual a Colombo, disse Jack o Marujo.

—Deus fez todos os planetas redondos, menos a Terra, que é plana. Como foi isso, capitão?

—Ele deixou cair no chão e resolveu aproveitar o material, disse Jack o Marujo.

—Situação está perigosa, precisamos emigrar, capitão.

—Moro no horizonte, onde ninguém pode chegar, disse Jack o Marujo.

—Homem sabe amar, capitão?

—Não, mas pode aprender, disse Jack o Marujo.

—Estamos todos no mesmo barco, capitão.

—Só o mar que é outro, disse Jack o Marujo.

—O *senhor se acha, não é mesmo?*

—Eu sou o que me acho. Só quem não é fica procurando, disse Jack o Marujo.

Jack num tempo mau

Jack, o Marujo, nunca disse "bem vindo a bordo".
E quando alguém diz, vai para a prancha.

—*O que é estibordo? perguntou a madame.*
—É o oposto de bombordo, disse Jack o Marujo.

—*E como está o velame? perguntou o folgado.*
—Posso te amarrar nele junto com o cordame, disse Jack o Marujo. Aí tu me diz como está.

—*Vamos sair em passeata contra a corrupção, disse a estudante.*
—Quanto vão pagar? perguntou Jack o Marujo.

—*O senhor é um desavergonhado pessimista, disse a televisiva.*
—Eu apenas mudo de canal, disse Jack o Marujo.

—*O senhor voltou muito engraçadinho, disse a madame.*
—Melhor assim, se eu perder o humor vou jogá-la aos tubarões, disse Jack o Marujo.

—*Vou inspecionar a gávea, disse o fiscal.*
—Não faça isso, disse Jack o Marujo. O encarregado do lugar morreu a semana passada e ainda não conseguimos tirá-lo de lá.

—*O senhor acha que existe clima para personagens como o senhor, tão obsoleto? disse o vanguardista.*

—Claro que não, disse Jack o Marujo. Sou apenas a má notícia quando anunciam tempo bom.

—*Vai ser emocionante esta viagem, não vai? disse a deslumbrada.*

—Vai, disse Jack o Marujo. Vou amarrá-la no mastro para descobrir a sensação.

—*Pensei que o senhor tinha amaciado com a Sereia, disse o Imediato.*

—Se fosse assim ela teria me jogado fora do barco, disse Jack o Marujo.

A pontaria da palavra

Jack o Marujo mira no alvo e acerta. Não há pergunta invasiva se a resposta tiver mais força

—*Isso não é novidade, capitão.*
—Não é motivo para ser ignorada, disse Jack o Marujo.

—*O que é pátria, capitão?*
—É um ferimento, disse Jack o Marujo.

—*O senhor lembra de mim, capitão?*
—Não. Deve ser porque a gente não se conhece, disse Jack o Marujo.

—*O que o senhor fala para quem lhe ofende, capitão?*
—Vieste armado? disse Jack o Marujo.

—*Releve, capitão. Sou um insano.*
—Não é não. Sabe bem o que está fazendo. Você é um patife, disse Jack o Marujo.

—*Como prever armadilhas, capitão?*
—Se alguém fingir reflexão repetindo pausadamente o que acabas de dizer é porque está te preparando uma, disse Jack o Marujo.

—Estou muito angustiado, capitão.
—Saia do facebook, disse Jack o Marujo.

—Vives celebrando teu deus do mar, disse o acadêmico. Mas Poseidon não gostava e perseguia Odisseu.
—Tem navegante que se fresqueia, disse Jack o Marujo.

—É, capitão, só se vive uma vez.
—E basta, disse Jack o Marujo.

—Algum problema, capitão? disse o invasivo.
—Sim. Já já vamos resolvê-lo, disse Jack o Marujo.

—Tire suas conclusões, capitão.
—E ponho o que no lugar? As tuas? disse Jack o Marujo.

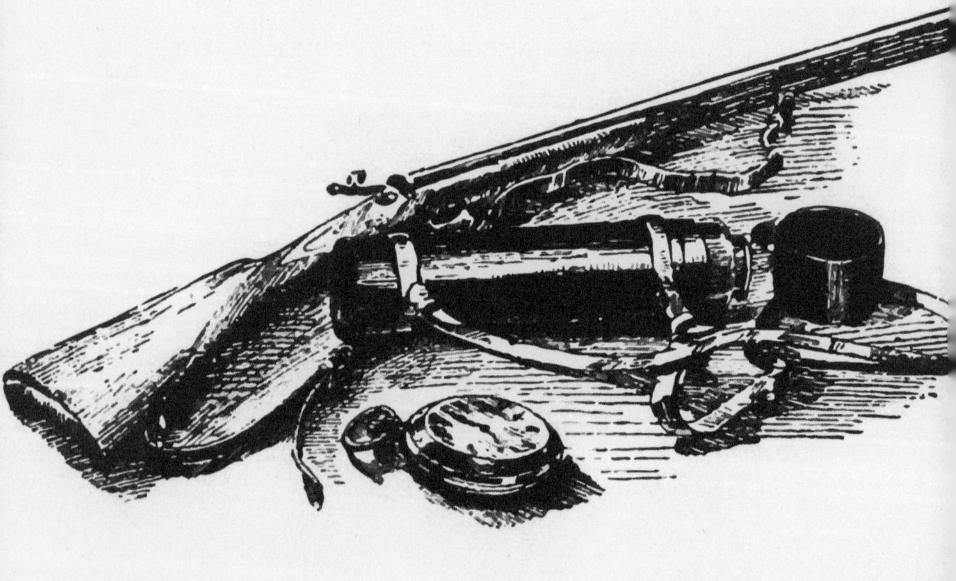

—*Além de genial enquanto cerumano me destaco em múltiplas atividades, disse o visitante.*

—Isso te qualifica como sofisticado aperitivo de tubarão, disse Jack o Marujo preparando a prancha.

—*Há tempos que não nos vemos, capitão.*

—É porque não somos amigos, disse Jack o Marujo

—*Vou contar meu dia, capitão.*

—Faça isso. Mas na ponta da prancha, disse Jack o Marujo.

—*Devemos nos servir do que existe em excesso. Concorda, capitão?*

—O que mais tem no mar é água, disse Jack o Marujo. Vou te servir um litro.

—*Eu acredito em Deus, capitão.*

—Ele não dá a mínima, disse Jack o Marujo.

—*O senhor não cansa de me surpreender, capitão.*

—É que você não desiste de me enquadrar, disse Jack o Marujo.

—*O país está todo dividido, capitão.*

—E eu vou te pegar na saída, disse Jack o Marujo.

Respostas clássicas

—*O senhor adivinha tudo o que eu penso, capitão, disse a passageira.*

—Leio o seu diário, disse Jack o Marujo.

—*Faço minhas as suas palavras, capitão.*

—Pode devolver, disse Jack o Marujo.

—*Nuvens são mesmo só água suspensa? perguntou o garoto.*

—São algodões, disse Jack o Marujo. Quando o céu sangra azul precisa de curativo.

—*Simples assim, capitão.*

—Nem tanto. Vamos ver se você consegue se desamarrar sozinho do mastro, disse Jack o Marujo.

—*Qual nossa rota, capitão? perguntou o Imediato.*

—Qualquer uma, disse Jack o Marujo. Minha bússola agora é o coração.

—*Como manter as coisas firmes, capitão?*

—Aperte bem, disse Jack o Marujo.

—*O senhor vai embora? perguntou a admiradora.*

—Um marujo é feito de partidas. O reencontro no cais é só mais uma forma de solidão, disse o capitão.

—Devemos respeitar os antigos por sua sabedoria? perguntou o Grumete.

—Não, apenas por sua coragem, disse Jack o Marujo.

—Qual seu signo? perguntou a astróloga.

—Sou peixes, ascendente touro, lua na gávea e cruzeiro do sul se jogando no abismo, disse Jack o Marujo.

—Conhece algum gênio, capitão?

—Conheço vários. Gosto deles. Gênio só faz merda, disse Jack o Marujo.

—Melhor não opinar, capitão.

—Não me ensine a calar a boca. Sou péssimo aluno, disse Jack o Marujo.

—*Perguntar não ofende, capitão.*
—É, mas às vezes a resposta prefere mudar de calçada, disse Jack o Marujo.

—*Sou um idiota, disse o Grumete.*
—Não faça autocrítica no Brasil que todos concordam, disse Jack o Marujo.

—*Por que olhas tanto a superfície do mar? Cardumes? perguntou a Sereia.*
—Não, disse Jack o Marujo. Procuro teu rosto, meu melhor mergulho.

—*Amo a vida, disse a deslumbrada.*
—Nem sempre somos correspondidos, disse Jack o Marujo.

—*Não devia mas me apaixonei por ela, capitão. E agora?*
—Suma de vista. Se ela te escrever, volte, disse Jack o Marujo.

—*Esse seu navio é um cansaço, capitão.*
—Tudo dá trabalho. Mas nada se compara ao esforço de aturar as queixas, disse Jack o Marujo.

Mar de sereia

—Só queres saber do mar, disse a Sereia.
—Mar é amor, onde moras, disse Jack o Marujo.

—Como notas que eu choro, se estou cercada de água? disse a Sereia.
—O sentimento não se mistura, disse Jack o Marujo

—Suba no barco, implorou Jack o Marujo.
—Hoje, não, capitão, disse a Sereia. Preciso te deixar mais uma noite só porque viciei na tua saudade.

O vento bateu na janela do barco.
É você, Jack? perguntou a Sereia.
Mas havia apenas a Lua cheia prateando
o mar, eco de suspiros.

Os segredos da resposta exata

Amor, guerra, signos, ventos, nenhum assunto é estranho à precisão das respostas de Jack o Marujo. Sua verve verte diante de qualquer interlocutor abordando todos os temas de maneira enxuta. Nele, até o silêncio é uma resposta, quando prefere manter seus segredos.

—*O senhor está muito radical, disse a repórter.*

—Vemos melhor do alto mar, a idade, disse Jack o Marujo.

—*Todos acham o senhor muito mau, disse a admiradora.*

—Conversa, disse Jack o Marujo. Sou mole como barbatana. Mas venho junto com o tubarão

—*Qual seu signo, capitão?*

—Leão, quando há tempestade, cordeiro na calmaria, aquário na hora da sereia, libra ao voltar para casa, touro se me enfureço, gêmeos quando estou dividido, escorpião quando me rói o remorso, disse Jack o Marujo. Meu ascendente é a paz na diferença.

—*Devo falar só o necessário? perguntou o aspirante.*

—Não, disse Jack o Marujo, ninguém liga. Fale só o que não precisam saber.

—*Prefere ilha, mar ou continente, capitão?*

—Prefiro o vento, que não cultiva raízes, disse Jack o Marujo.

—*Entendi. Estibordo é direita e bombordo esquerda, disse o Grumete.*

—Acertou. E os dois lados te põem na prancha, disse Jack o Marujo.

—*O senhor tem resposta para tudo?*

—Não, só faço companhia às perguntas, disse Jack o Marujo.

—*Não concordo, capitão.*

—Você tem todo o direito de continuar errado, disse Jack o Marujo.

—*O senhor respeita as Forças Armadas?*

—Sim. Não respeito é a tua pergunta, disse Jack o Marujo.

—*O que é a verdade?*

—É o que calamos, disse Jack o Marujo.

—*Tem palavra que parece função naval:*

—De quem é a culpa? perguntou Jack o Marujo.

—*Do cabotino, senhor, disse o Imediato.*

—*O senhor já escreveu suas memórias?*

—Já, disse Jack o Marujo. Agora posso inventar outras.

—*Como conseguem soltar tantos criminosos?*

—Simples. Transformam toda prova em teoria da conspiração, disse Jack o Marujo.

—*Gosto de conversar com o senhor*

—Não vejo motivo, disse Jack o Marujo. Costumo encerrar o papo na primeira frase.

—*Querem homenageá-lo, disse o Almirante.*

—Não há motivos, disse Jack o Marujo. Vivo fora da data de validade, só isso.

—*Mas não foi isso o que o senhor quis dizer?*

—Se eu fosse um imbecil, seria, disse Jack o Marujo.

—*O senhor é feliz?*

—Não é da sua conta, disse Jack o Marujo.

—*Vim viajar com o senhor para escrever meu romance.*

—*Comece varrendo o convés, disse Jack Marujo.*

—*Todas as ilhas estão no mapa? perguntou a viajante.*

—Nem todas. Algumas inventei para abrigar meu sonho, disse Jack o Marujo.

—*O Sr. gosta das lembranças?*

—Prefiro esquecer, disse Jack o Marujo. O que sou nunca será justo com quem fui.

—*O senhor tem algum segredo? perguntou a curiosa.*

—Tenho, disse Jack o Marujo.

—*Tem certeza, capitão?*

—Tenho, disse Jack o Marujo. E dúvidas também. Só que não mostro.

—*Vais voltar para o alto mar? perguntou o Almirante.*

—Só no horizonte faço sentido, disse Jack o Marujo.

—*O senhor já tem tempo para se aposentar? perguntou o funcionário público.*
—Netuno não assina carteira, disse Jack o Marujo

—É bom estar de volta, disse Jack o Marujo descendo na minúscula ilha de coral no meio do nada. Aqui não há perguntas

—*O Sr. tem no seu barco algum vinho honesto? perguntou o enólogo.*
—Nenhum, respondeu Jack o Marujo. Todos aceitaram suborno para mudar de marca

—*Há tempos o senhor não aparece por aqui, disse o dono do bar.*
—Capturei o navio que lhe fornece o rum, disse Jack o Marujo

—*O senhor precisa fazer um tratamento de pele e caminhar, disse a saradona.*
—Já vi muito peixe bonito no gancho, disse Jack o Marujo

—*Não acerto uma, disse o Imediato. Tudo o que eu falo provoca ressalvas.*
—Bem vindo ao clube, disse Jack o Marujo. É por isso que agora só abro a boca a partir de cem quilômetros da costa.

—*O senhor é coach deste navio, disse o palestrante especialista em inovação.*
—Não, eu sou o capitão, disse Jack o Marujo. A barra do jogo não permite o luxo do treino.

—*Não tenho mais tempo para nada.*
—Nada é o que toma mais tempo, disse Jack o Marujo.

Amor eterno

—*O amor é eterno?*

—Só nas canções sobre o amor perdido, disse Jack o Marujo.

—*Quando acaba o amor? perguntou a passageira.*

—Quando toda a memória dos tempos felizes é jogada no lixo, disse Jack o Marujo.

—*Me prometeste amor eterno, disse a Sereia.*

—E cumpro, disse Jack o Marujo. Quem se afoga no teu canto não se salva.

—*Mulher assusta quando gruda e quando rejeita. Por que?*

—Porque não somos nós que decidimos, disse Jack o Marujo

Aos bravos

O mar é invencível, disse Jack o Marujo ao ser resgatado depois de duas semanas de naufrágio. Sempre teremos medo do mar. O que fazemos para merecê-lo é a bravura que vocês demonstram quando compartilham comigo a alegria do gesto extremo e solidário.

—*Jack! Jack! batiam no peito os cem marinheiros que trouxeram o capitão de volta com vida.*

—*O senhor lidera um navio mas não faz parte da Marinha.*

—Sou civil, disse Jack o Marujo. Mas quando a oficialidade cruza o meu caminho todos batem continência.

A arte de dizer na lata

O capitão Jack o Marujo revela-se poético, filosófico, bruto, amoroso e em todas as respostas, sincero e encantador. Conquista mais admiração e entusiasmo, conforme o mundo vai afundando em mentiras deslavadas, interesses escusos, firulas teóricas e outros expedientes. Aqui, mais uma seleta da sua esmerada arte de ser preciso nas frases.

—*Toda mensagem que o senhor envia chega ao destino? perguntou a repórter.*

—Só falha quando algum pombo correio se apaixona, disse Jack o Marujo.

—*Meu candidato perdeu. Portanto, os tempos são sombrios.*

—Os tempos não votam, disse Jack o Marujo.

—*Tive que abandonar o curso. Perseguição ideológica, disse o Oficial de Manutenção das Máquinas.*

—Ser um técnico não vale nada, disse Jack o Marujo. Ou você segue o Manual de Instruções que eles confundem com teoria ou você será perseguido.

—*Tem muita gente boa partindo para sempre, disse o veterano.*

—Melhor que isso pare. Não temos mais reservas, disse Jack o Marujo

—*O senhor não tem medo de afundar com o navio? perguntou a visitante.*

—Todo navegar é naufrágio, disse Jack o Marujo.

—*Sua viagem foi diferente mas o relato é idêntico ao da outra vez, capitão.*

—É que as palavras se repetem, mas a vida não, disse Jack o Marujo.

—*O senhor não bebe, não joga e não fuma? Nem parece homem do mar. O que mais o senhor não faz?*

—Não respondo pergunta idiota, disse Jack o Marujo.

—*Me aguarde, disse o pretensioso.*

—Ah sim, não tenho mais o que fazer, disse Jack o Marujo.

—*Tem gente que acredita em ETs, capitão.*

—Cada um na sua. Outros acreditam que podem viver de poesia, disse Jack o Marujo.

—*O que faz um capitão de navio?*

—Nada, disse Jack o Marujo. Posa de perfil olhando o horizonte e de vez em quando aponta para o infinito.

—*Já que o senhor sabe tudo, me diga o que é liberdade, capitão?*

—Liberdade é tudo o que você despreza, disse Jack o Marujo.

—*O Imediato se aposenta e avisa: qualquer dia vou visitar o senhor onde estiver, meu capitão.*

—Venha, disse Jack o Marujo. Moro onde conversam comigo.

—*Por que será que o mundo ficou tão insuportável, capitão?*
—Antigamente falavam não te mete e todos obedeciam, disse Jack o Marujo.

—*O senhor acredita em premonição, capitão?*
—Sim, disse Jack o Marujo. Hoje eu estava prevendo que um chato ia me fazer essa pergunta.

—*Como é que é essa coisa da idade? perguntou a repórter. O que é envelhecer?*
—Envelhecer é ficar velho, disse Jack o Marujo.

—*O senhor gosta de conversar com o mar, capitão?*
—Sim, disse Jack o Marujo. Ele jamais me responde.

—*Escrevo para garotas, disse o poeta romântico.*
—Elas vão preferir quem escreva para os piratas, disse Jack o Marujo.

—*Vou lhe dizer uma coisa, disse o Ministro.*
—Não me diga coisas, disse Jack o Marujo. Não tenho mais onde guardar.

—*Devemos respeitar os antigos por sua sabedoria? perguntou o Grumete.*
—Não, apenas por sua coragem, disse Jack o Marujo.

—*Não entendi direito, capitão.*
—Tua intenção não é entender, mas lançar suspeitas sobre o que eu falei, disse Jack o Marujo.

—*Qual momento emociona mais o senhor, capitão?*
—Quando amanhece logo depois de eu partir e o vento bate no rosto com a força de uma promessa, disse Jack o Marujo.

—*O senhor está entre os últimos, disse o corregedor.*
—Já esperava por isso, disse Jack o Marujo. Meu lugar na fila fica situado na próxima vida.

—*Prefere ilha, mar ou continente, capitão?*
—Prefiro o vento, que não cultiva raízes, disse Jack o Marujo.

—*Já vai levantar âncora, capitão? Fique até o Ano Novo.*
—Não posso, disse Jack o Marujo. Daqui a pouco acaba o mar.

—*O senhor é uma pessoa comum, capitão?*
—Não, não sou, disse Jack o Marujo. Não faço esse tipo de pergunta.

—*Concordo plenamente com o senhor E digo mais...*
—O teu mais é dizer exatamente o contrário do que falei depois de fingir que concorda, disse Jack o Marujo.

Amor e mocidade

—Não acho correto nem à altura da sua biografia tentar agradar a mocidade com frases de efeito, disse o Almirante.

—A inocência é um aplauso legitimo, disse Jack o Marujo. Não tenho influência sobre ela, pois passará como as folhas mortas. Mas posso me esforçar para torná-la menos dolorosa dizendo a verdade sem matar a esperança.

—Não gosto de suas pensatas, disse a admiradora. Só quando diz na lata.

—É a idade, disse Jack o Marujo. Perdemos a embocadura da palavra. Ela não se deixa mais apanhar no bate pronto.

—Posso te chamar de amor? perguntou a Sereia.

—Sim, disse Jack o Marujo. Esse é o meu nome de batismo. Perdi na guerra, mas trouxeste do fundo do mar

—O senhor confunde sereia com mulher, disse a passageira.

—Engano seu, disse Jack o Marujo. É só um disfarce que não se sustenta. Ela deixa a sereia no mar quando me beija.

—E o senhor se deixa atrair por uma fantasia?

—É justo. Ela também acredita que eu seja capitão de um navio. Mas eu tiro o boné quando me deito.

O mar, o mel e o milagre

Salgado nas palavras, o capitão Jack o Marujo cultiva o amor e a contundência, que andam juntas em mais uma safra de frases definitivas. É como ele diz: Nem me fale, mar. Nem te conto meu pai Netuno. Os tridentes vão parar de tirar pedaço do meu coração. Há um marulhar de doçura que vem do fundo.

—*Navegando por tanto tempo em tanto mar, aportando no mais remoto cais, convivendo com tanta espécie de gente na guerra e na paz, o que pode dizer o senhor sobre a mulher?*

—A mulher é um milagre, disse Jack o Marujo

—Sempre achei que homem não ama, disse a Sereia.
—E é verdade, disse Jack o Marujo. Eu apenas me perdi no teu olhar.

—É difícil a relação com a sereia?
—É tranquila. O que complica é na hora de tirar as escamas, disse Jack o Marujo.

—Deu meia noite, capitão, disse a sereia.
—Hora de zarpar, disse Jack o Marujo. Vou contratar o vento

—Achei que aquele enxame de abelhas iria pousar no barco, disse a Sereia, abraçando o capitão.
—Já temos mel suficiente, disse Jack o Marujo

—Preciso de amor, disse a moça.
—Preciso do mar, que é vasto, mas ele fica escasso se não tento navegar, disse Jack o Marujo.

O moço marinheiro lançou um livro
e começou a fazer sucesso, atrapalhando
os procedimentos do navio,
que levava turistas.

—É bom ser poeta, disse o Grumete.
—O problema é cantar a mulher e ela achar que é poesia, disse Jack o Marujo.

As perguntas cruzadas

—*Posso fazer uma pergunta, capitão?*

—Toda pergunta que finge inocência é seguida por uma pergunta desonesta, disse Jack o Marujo.

—*Por que a Terra é redonda, capitão? perguntou o garoto.*

—Para que a viagem recomece quando chega ao fim, disse Jack o Marujo.

—*O mar está invadindo as praias, disse o Imediato. Quer de volta o que lhe roubaram.*

—O mar não precisa de terra, disse Jack o Marujo. Apenas gosta de acompanhar o vento, seu parceiro de aventuras.

—*Isso não existe. Nunca ouvi falar.*

—Se dependesse da tua ignorância, a realidade não existiria, disse Jack o Marujo.

—*De onde o senhor tira sua sabedoria, capitão?*

—Aprendo o que a vida deixa de ensinar, disse Jack o Marujo.

—*Suas frases são ótimas mas o senhor é um grosso.*
—Em compensação você é o fino mas só fala asneira, disse Jack o Marujo.

—*O senhor me surpreende. Achei que conhecia o senhor, capitão.*
—Eu também, disse Jack o Marujo.

—*Que tipo de comida o senhor gosta, capitão?*
—Uma que eu identifique, disse Jack o Marujo.

—*Pessoas tão distintas acabam fazendo tudo errado, capitão.*
—O que vale não são as intenções, mas os resultados, disse Jack o Marujo.

—*Sou uma pessoa do bem, capitão, sou crente.*
—Crente que abafa, disse Jack o Marujo.

—*É isso o que eu acho, capitão. Qual é a sua dúvida?*
—Quero saber se sua ignorância é espontânea ou premeditada, disse Jack o Marujo.

—*Perdi o que ia dizer, capitão.*
—Quando achar, guarde, disse Jack o Marujo.

Náufragos

—*Está chovendo demais, não gosto disso, disse o Grumete.*
—Água é o nosso elemento, disse Jack o Marujo. Companheira dos raios e dos ventos.

—*E o senhor quando se aposenta? perguntou o veterano.*
—Quando a paz for capaz de emitir uma ordem, disse Jack o Marujo

—*Cansei de lutar, disse o veterano. Agora vou doar minha espada ao museu.*
—Quando um bravo se retira, a mocidade fica de pé, disse Jack o Marujo

—*Que esperança o Sr. guarda? perguntou a poeta.*
—A mais difícil de realizar, disse Jack o Marujo. As outras eu solto no campo para salvar o dia

—*Para onde vai a memória dos náufragos, capitão?*
—Viram pássaros, disse Jack o Marujo. E piam em pânico nas ilhas em busca de socorro.

Falta apenas coragem

Jack o Marujo tem falado muito nas últimas semanas. Sempre de maneira concisa e na lata, no bate pronto. Aborda assuntos pontuais e filosóficos, sem pompa, como é do seu feitio de velho lobo do mar. Nesta edição, suas recentes respostas e algumas clássicas de uma verve impagável.

—*Pense nisso, capitão.*

—É inútil. Você já pensou nisso por mim, disse Jack o Marujo.

—*Preciso que vá até o iceberg gigante para avaliar a situação, disse o Almirante. O senhor tem coragem?*

—Se for uma ordem, tenho, disse Jack o Marujo.

—*O Almirante era um homem do seu tempo, disse o professor. O tempo em que ele nasceu e viveu.*

—Que coincidência, disse Jack o Marujo.

—*Por que pessoas tão boas, corretas e bem intencionadas vão ter que voltar a nado, capitão? Que crime cometeram?*

—Mandaram vídeos e fotos para repassar, disse Jack o Marujo.

—*Como o capitão descobre que alguém não presta?*
—Quando falam que me respeitam, disse Jack o Marujo.

—*Erro porque sou humano, disse o visitante.*
—Não, erras porque incorres em erro, disse Jack o Marujo. Deixe o resto da humanidade fora disso.

—*O senhor já teve carro, capitão?*
—Já, mas não deu certo, disse Jack o Marujo. Em vez de ligar o motor eu ficava esperando o vento. E na hora de frear procurava a âncora.

—*O capitão desce os degraus do ônibus de maneira trôpega.*
—*O senhor não está tão velho assim para andar desse jeito, comentou alguém.*
—Estou treinando, disse Jack o Marujo.

—*O senhor tem insônia, capitão?*
—Sempre. Netuno me acorda nas horas mais impróprias, disse Jack o Marujo.

—*O que o senhor faz quando erra, capitão?*
—Faço autocritica, mas não é para concordar comigo, disse Jack o Marujo.

—*Quando eu for capitão como o senhor, vou dar ordens em versos, disse o novo grumete.*
—Admirável, disse Jack o Marujo. Pena que poesia não convence. A marujada prefere impropérios.

—*Como o senhor aguenta o frio em alto mar, capitão? O vento gelado constante, a umidade até os ossos?*
—Só a terra é fria, disse Jack o Marujo. O mar é minha temperatura, navegar o meu clima.

—*Por que falar de flores com tanta guerra?*

—Porque as flores serão a única homenagem justa aos bravos em tempo de paz, disse Jack o Marujo

—*O senhor sempre fala o que pensa, capitão, ou costuma guardar?*

—Costumo guardar. Só falo o que sinto, disse Jack o Marujo. As palavras pousam em mim no alto mar. Escolho as que podem me ferir, não as que podem matar.

—*Tem gente dizendo que a terra é plana, capitão.*

—Verdade, mas forma um círculo, disse Jack o Marujo. Igual a uma mesa redonda. É onde caem as estrelas mortas.

—*Ninguém dá a minima para o que os outros dizem, capitão.*

—Antigamente as paredes tinham ouvido, disse Jack o Marujo. Hoje elas estão surdas.

—*Por que as pessoas mentem tanto, capitão?*

—Porque estamos numa democracia, disse Jack o Marujo. A verdade é voto vencido.

—*O senhor acha isso mesmo, capitão? Concorda com quem falou?*

—Quem acha devolve ao dono, disse Jack o Marujo.

—*O senhor jogou futebol na infância?*

—Não precisava. Tínhamos o Pelé, disse Jack o Marujo.

Ir para sempre

—*Quanto tempo o senhor tem de mar, capitão?*
—Perdi a noção, disse Jack o Marujo. Embarquei pela primeira vez antes de nascer. Fui deixado num convés, onde aprendi com os naufrágios e o vento.

—*Há quanto tempo! O que tem feito?*
—Viajei no mar. Nunca cheguei ao destino. O infinito não tem porto, disse Jack o Marujo.

—*Depois de uma vida inteira navegando, enfrentando inimigos e tempestades, sendo ferido em cada viagem, passando dificuldades, sobrevivendo a naufrágios, o que queres mais do mar, capitão?*
—Distância, disse Jack o Marujo.

—*Falta muito, capitão?*
—Falta pouco, apenas coragem, disse Jack o Marujo.

Jack não aconselha nem fica sabendo

O capitão surpreende a cada resposta, cada vez mais radical, e desarma os espíritos aparelhados

—*O senhor me permite discordar, capitão?*

—É claro que não permito. Que besteira é essa? disse Jack o Marujo.

—*Foi-se a grande personalidade, todos lamentam. Qual era sua maior virtude, capitão?*

—Era rico, disse Jack o Marujo.

—*Por que tem tanta gente a favor da corrupção e do crime, capitão?*

—Porque a injustiça é cega, disse Jack o Marujo.

—*Ficou sabendo, capitão?*

—Não, disse Jack o Marujo.

—*Anda muito calado, capitão.*

—Operei enfim o olho direito. Enxergo menos, mas com sentimento de missão cumprida, disse Jack o Marujo.

—*Enxergando menos agora o senhor vira alvo fácil do inimigo, capitão.*
—Não tenha tanta certeza. Sou capaz de acertar na sombra, disse Jack o Marujo.

—*Sinto muita inveja. Que devo fazer para ser igual ao senhor, capitão?*
—Enterre os pais e faça 70 anos, disse Jack o Marujo.

—*Já pensou? disse o Grumete.*
—Já, disse Jack o Marujo. Mas é impublicável.

—*O que o senhor me aconselha, capitão*
—Nada, disse Jack o Marujo.

—*Vou lhe mostrar como funciona, capitão.*
—Todo idiota acha que está dizendo coisa, disse Jack o Marujo.

—*Como era antigamente, capitão?*
—Era ruim para quem tinha a idade que tenho hoje, disse Jack o Marujo.

—*Forte canhoneio de três vasos de guerra, duzentos marinheiros atirando para o alto e o alarido das tripulações sideradas diante de um náufrago em cima de uma balsa devastada pela tempestade. Não é um exagero, capitão?*
—Nenhuma Armada vale mais do que um homem só no meio do mar, disse Jack o Marujo

—*Vai-te para alto mar, que é sua praia, capitão. Não te suportamos mais.*
—Achei que estava agradando, disse Jack o Marujo.

Mais terra plana

Sei que a terra é plana porque cheguei ao fim dela e cai com meu navio no abismo.

—Mas o senhor está vivo, capitão!

—Tem certeza? disse Jack o Marujo.

—Quer dizer que não existe espaço profundo, está tudo dentro da abóboda eletromagnética que envolve a terra plana? E as revelações do Hubble, capitão?

—Hubble é cineasta, disse Jack o Marujo.

—Então a terra é plana, capitão?

—Sim. Menos quando tem subida, disse Jack o Marujo.

—Se a terra é plana, por que o sol e a lua são redondos, capitão?

—A terra é redonda, só que não é esférica, disse Jack o Marujo. Há diversidade de formas nos corpos celestes. Se o seu vizinho é uma bola você não precisa abandonar a dieta.

—É fato que a terra plana é coberta por uma abóbada transparente, capitão? disse o Grumete.

—Isso mesmo, disse Jack o Marujo.

—Por uma esfera, então?

—Varra o convés.

Tiradas clássicas

—*Por que o senhor faz tanto sucesso com as mulheres? perguntou a repórter.*
—Não há mais concorrentes, disse Jack o Marujo.

—*O senhor navega direitinho mas não entende nada de política, disse o aparelhado.*
—Pelo menos sei usar a bússola, disse Jack o Marujo.

—*Noite pesada. Não estou gostando deste vento, capitão.*
—Sim, ele pode ficar perigoso. Mas por enquanto é só seu medo, disse Jack o Marujo

—*Meu avô disse que o senhor não existe, disse o garoto.*
—Escute os mais velhos, disse Jack o Marujo. Eles limpam o mundo dos excessos da fé.

—*Quando ela volta? perguntou o Imediato.*
—Numa outra vida, disse Jack o Marujo. Uma em que ficaremos juntos.

—*O senhor teme as tempestades, capitão?*
—Elas vem do outro mundo. O mar é seu cavalo, disse Jack o Marujo.

—*Seu tempo passou, capitão. O senhor não passa de um velho.*
—Tive sorte, disse Jack Marujo.

—*A mudança foi feita, disse o encarregado. Mas sobrou um navio só de poesia. O que faço com ele, capitão?*

—Levante a âncora e solte no horizonte, disse Jack o Marujo

—*O que o senhor fez na vida, capitão?*

—Falei a verdade, disse Jack o Marujo.

—*Esqueci o que ia dizer, capitão.*

—Então era importante. Se fosse bobagem, lembrava, disse Jack o Marujo.

—*Estamos comemorando o aniversário do desembarque da Normandia, disse o Almirante.*

—Só a bravura deixa herança, disse Jack o Marujo.

—*Vamos te matar desta vez! gritaram os piratas.*

—Vocês são serviço para meia garrucha, disse Jack o Marujo.

—Já lutou bastante, capitão, disse o Almirante. Hora de jogar a âncora.
—A coragem não se aposenta, disse Jack o Marujo.

—Qual o sentido da vida? disse Jack o Marujo.
—Não se faça de tonto, disse a Sereia. Venha para cama.

—Olá boa tarde, onde o senhor mora?
—Longe, disse Jack o Marujo.

—É casado?
—Muito.

—As mulheres tem todas as respostas, disse Jack o Marujo.
—Dispomos de tempo, disse a Sereia. Os homens demoram a fazer nossas perguntas.

—Estou com medo, disse o Grumete. A madrugada é sempre sinistra.
Verdade, disse Jack o Marujo. Fique de prontidão. O escuro anda armado.

Sailor spirit

PARTE V

O Marinheiro da palavra

Jack o Marujo tinha até trilha sonora, que fiz e depois esqueci. Só lembro do início que dizia assim: "Lá vai Jack o Marujo, com sua black bandeira". Acho que foi sorte dele não pagar o mico de ter uma espécie de hino. Agora ele está à vontade nas redes sociais, e neste livro. Aos poucos, o capitão ganha mais admiradores. A qualquer momento, pode voltar em novas aventuras. Neste capítulo, um pouco sobre a repercussão provocada pelo capitão, a Sereia, o Grumete, o papagaio, os corsários, o Almirante e todos os outros personagens que fazem parte do séquito do mais popular marinheiro do Brasil.

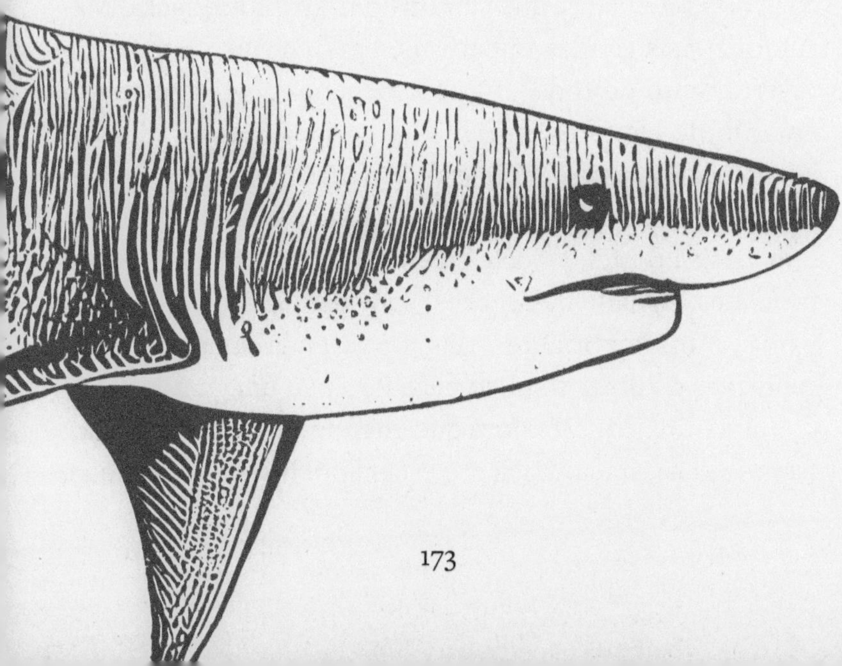

Repercussão

"Como vivi até hoje sem conhecer Jack o Marujo? Genial, para dizer o mínimo", disse @lilianbuzzeto, uma das mais veementes e indignadas escritoras brasileiras que navegam na internet full time.

Isso incentiva este jornal e colocar aqui mais uma seleta de grandes tiradas do velho capitão. O fato é que o cara não para de falar, já que sempre tem alguém lhe fazendo alguma pergunta.

Por insistência dos seus admiradores, cada vez em maior número (atingindo atualmente porções sinceras e leais das Forças Armadas, que vibram com o capitão) Jack o Marujo diz suas tiradas imbatíveis, para encanto, espanto e divertimento de todos. O personagem que conquistou o coração dos leitores enfrenta os perigos mas também se deixa levar pelas armadilhas do coração.

Agora é oficial: massa de admiradoras e admiradores lotam a caixa postal daquele barco ancorado à beira mar. Autoridades enviam mensagens convidando Jack o Marujo para eventos importantes. Tem uma agenda cheia para apresentações de norte a sul do país. Recebeu um gentil recado dos argentinos de Mendoza que querem vê-lo ao vivo e usufruir de suas tiradas. Jack até está caprichando no sotaque.

Diaz cueca-cuela como ninguém. Mas temo que ele desista da fama súbita e fuja para o alto mar. Está acostumado. E sente saudade das escamas. Não há sereia em terra firme.

Jack o Marujo rola numa birosca do cais quando não está com as sereias em alto mar. Lá se junta a más companhias, os que se refugiam do mundo politicamente correto, onde acaba escutando conselhos perversos para incrementar seu acervo de barbaridades. Às vezes chega a desconfiar daquela conversalhada e leva a mão à adaga. Mas o papo regado a rum falsificado em Bertioga inspira Jack numa série de respostas a todos os tipos de visitantes.

Chove manifestações de admiração pelo capitão das frases definitivas. Todos visitam seu barco para escutar o que sempre surpreende. Aumenta o prestígio do capitão. Melhor não avisá-lo, pois não está acostumado. Pode ir para o alto mar e adeus respostas na lata! As melhores, como acontece nesta seleta da sua verve, reunidas no seu livro de estreia.

Força

Incrível a força de Jack o Marujo. Querem que ele faça coisas. Alguém improvisou um enfarte nele. Outro põe palavras na sua boca. E começa a pipocar perguntas para o capitão para saber o que pensa sobre determinados assuntos. Mas Jack diz e faz o que quer. Nunca se sabe. É por isso que o livro sobre ele está sendo lançado. O capitão é pop. Qual a força de Jack o Marujo? Por que faz sucesso? Aqui, algumas declarações sobre o capitão:

"Ainda não vi ninguém usar melhor este espaço do que o Nei Duclós. Jack o Marujo é talento puro do @neiduclos em 140 caracteres. Espetáculo (Mário Luiz Medaglia).

Estou me apaixonando pelo Jack o Marujo do @neiduclos, ele sim diz tudo com nada. A lista de fã-náticos de Jack o Marujo, vai aumentando. Matreiro este pensador, viu. (Vanda Trentino).

Vou fazer campanha para que Jack circule. Chega de CFA, Clarices e demais rotinas. (@sulains).

Cara, o Jack esta ganhando vida própria! Cuidado! Olha o que o Martin Fierro fez com o José Hernadez! Mas bom mesmo é o antigo do cenário do personagem e o atual das suas tiradas (Sergio Rubim).

Acho o Jack sensacional. Um marujo sem muita regra... (Frutuoso Oliveira).

O senhor é o psicografador oficial do Jack o Marujo. Esse personagem é um bom recurso para um narrador crítico em terceira pessoa. Nada como alguém fora da terra firme para poder enxergar melhor nossa realidade (@Eddiemasses)

Sua série de tuítes sobre Jack o Marujo bem mereciam uma compilação (@Frednavarro)”

Um cara de lua

O nascimento esplendoroso da Lua cheia na noite de 12 de setembro alvoroçou o Twitter e o Facebook. É claro que o principal admirador da grande e luminosa mulher alada, nosso capitão frasista incorrigível, esteve ocupado o tempo todo no trabalho de homenageá-la. A corte se refletiu em inúmeras sacadas. A introdução ao evento foi o poema que fiz logo que o brilho escandaloso surgiu no horizonte: Lua profissional, lua que se espalha. /Luaça, que gruda no céu com sua glória. Alguém jogou a lua por cima da cabeça. /E ela voa, serena, véspera de pássara.

Não bastasse o capitão, ele ganhou de presente alguém pior do que ele: o Papagaio. A estreia de mais um boquirroto a bordo do barco causou estrago entre corsários e sereias. Jack o Marujo reagiu. E abordou outros assuntos também. O pior mesmo foi ter pesadelos com um certo pirata, o famigerado Long John Silver. O capitão não para de soprar coisas. Quer que o livro dele fique pronto logo, deve ser isso. Depois ele se manda para o alto mar.

"Por que o senhor anota tudo o que eu falo?" perguntou Jack o Marujo. Para ter o que ler depois, respondi. "Vamos lançar um livro com suas respostas", falou o editor.

Trate ele bem. Se houver encalhe te passo na adaga. Ou seja: Quero ver todo mundo na fila no lançamento do livro de Jack o Marujo! Senão vão ocupar lugar na prancha!

O capitão está dando trabalho. Além de transmitir suas respostas, tenho me dedicado a atender a curiosidade e à abordagem do seu grande fã-clube, que aumentou consideravelmente depois que ele se aprofundou num dos seus temas favoritos, o amor. Mas tudo o que e relaciona a Jack o Marujo é feito com a dedicação que devemos ter aos sábios que disseminam para todos seus conhecimentos, tão raros quanto estimulantes.

@sulains, acompanhante fiel do marujo, pergunta pelo paradeiro de Jack, que ficou um dia sem falar. Respondo que o capitão tem seus rumos. Nem sempre dá para segui-lo. Só quando senta de novo no convés ou no cais ele responde às visitas. @PagodeFM pergunta se ele é pirata. Digo: Não necessariamente. Tem o perfil, mas vai por outros caminhos. Jack é original, apesar do molde conhecido. Tiro as frases de

Jack do dia, quando transcendemos o Tempo e encaramos cada minuto como o último sobre a terra.

"Adoro Jack o Marujo, personagem do @neiduclos", diz @Gatodealice (Silvia Oliveira). Ela fala por muita gente. Como é o caso também de pessoas como @robertarvieira, @FernandaMMSM, @soniatamer, @marisascruz, só para ficar nas citações mais recentes. Sem falar dos que mandam um abraço para o personagem (sou só um intermediário, como todos sabem). No Facebook, então (para onde vão as frases mais fortes), é um espanto, o capitão faz um estrago.

A repercussão se espalha como cardume em época de desova. São mulheres e homens, jovens e veteranos, civis e militares. A todos Jack seduz com sua verve.

Jack o Marujo é o meu herói.(Pedro Machado). Eita... que gostaria de navegar nos mesmos mares que o Jack o Marujo!! (Kassiana Rinaldy). Adoro jack o marujo e suas peripécias (Marney Coringa Rocha).

É costume, no twitter, os admiradores do capitão o cumprimentarem, mandarem abraços, criar hashtags e às vezes até arriscar algumas frases como se fossem dele. Mas mesmo este escriba aqui, @neiduclos, precisa ter cuidado na hora de transcrever as frases, pois o personagem tem sua identidade própria e não admite defecções ou forçações de barra. Portanto, as falas do capitão são pessoais e intransferíveis, como se costumava dizer anos atrás.
O bom é saber que @Simone_only está "lendo as aventuras do Jack o Marujo; ou de @CRF_Rafa (Rafael Leandro) que "Jack é o cara"; ou de @ PagodeFM: "Jack o Marujo não disse nada hoje ? Estaria ele dormindo ainda ?"; ou de @LandNick (Nirlando Lopes) que passei "a noite tomando umas e conversando com Jack o Marujo! Grandes papos!".

Respondo a todos, dizendo que saio do barco cedo e no dia seguinte espero o capitão vir ao convés. Respeito é bom. O cara anda armado. Ou explico a origem da sabedoria: Jack sabe, Jack diz. É muito mar lavando a palavra.

"Quem é o senhor, capitão?",
perguntou a repórter.
"Sou o mar e o amor
é a minha praia", disse
Jack o Marujo.

Composto em Freight Text Pro
pela Officio para a Almedina Brasil.
Barra do Sul, Ilha de Santa Catarina,
janeiro de 2024.